colección fábula / 288

Con la colección FÁBULA, Editorial Planeta se ha propuesto ofrecer al público los títulos más representativos, dentro del campo narrativo, de aquellos escritores que, frente al inmovilismo mental al uso, ofrecen un ejemplo constante de imaginación creadora y anticonvencional.

...y los 40 ladrones

Fernando Vizcaíno Casas

...y los 40 ladrones

Planeta

Córcega, 273-279, 08008 Barcelona (España)
Diseño colección de Hans Romberg
Ilustración cubierta: M. Ribera/Tribuna y Gerard Vandystadt/Zardoya
Primera edición: octubre de 1994
Segunda edición: noviembre de 1994
Tercera edición: noviembre de 1994
Cuarta edición: noviembre de 1994
Depósito Legal: B. 39.867-1994
ISBN 84-08-01231-2
Composición: Fotocomp/4, S. A.
Papel: Offset Editorial Ahuesado, de Clariana, S. A.
Impresión: Duplex, S. A.
Encuadernación: Auxiliar Gráfica Jiro, S. A.
Printed in Spain - Impreso en España

Obviamente, ésta es una historia absolutamente inventada, enteramente irreal: es una farsa, en clave de humor.

Los acontecimientos que se presentan como auténticos, las supuestas circunstancias que los rodean y los personajes ciertos a quienes se cita sirven tan sólo para amenizar el juego burlesco.

Porque todo en el libro es una broma, aunque las reacciones y actitudes de algunos de sus intérpretes aborígenes (con perdón) puedan guardar paralelismo con conductas hoy usuales en la clase política.

En todo caso, anticipándome a posibles susceptibilidades y enfados, declaro con la debida solemnidad que mi novela de historia-ficción está escrita, pura y exclusivamente, con lo que los juristas llamamos animus jocandi: *ganas de sonreír, de pasar el rato. Nunca de ofender.*

Mis literarias excusas a quienes, no entendiéndolo así, puedan enojarse.

F. V. C.

INTRODUCTION

El Rose Bowl era un clamor. Destinado normalmente para cobijar los más solemnes acontecimientos del fútbol americano, lo que aquí llamamos rugby, el estadio se había remozado para adaptarlo a las exigencias del otro fútbol, el europeo, conocido en los Estados Unidos como *soccer*. Y tras haber servido de sede a varias de las eliminatorias previas, fue marco de la final del Campeonato del Mundo-1994, que acababa de enfrentar a dos selecciones con glorioso palmarés en el torneo, Italia y Brasil. Una muchedumbre vocinglera, incansable en sus cánticos y en sus gritos, acompañó con ruidoso entusiasmo los lances de un partido de tan escasa calidad como tensa emoción.

Por primera vez en la historia de los Mundiales de fútbol, el encuentro terminó sin goles, a pesar de haberse prorrogado en media hora el tiempo reglamentario. Hubo, pues, que acudir al tan discutido sistema de los penaltys; por una triste paradoja, los dos mejores hombres de la *squadra azzurra*, el veterano capitán Aldo Baressi y la más prometedora de sus figuras, Roberto Baggio, fallaron en los lanzamientos. Así, gracias a errores ajenos, Brasil se proclamaba campeón del mundo por cuarta vez después de muchos años.

Los hinchas cariocas, esa grey enloquecida de apasionados seguidores de la selección a la que llaman torcida, estallaron de júbilo. Uniformados con camisetas amarillas, como su equipo, teñían los repletos graderíos con enormes manchas doradas, que se agitaban a ritmo de samba, y alzaban los brazos y entonaban cánticos rituales. Sobre el césped, los héroes de la jornada, Romario, Mauro Silva, Bebeto, Cafú, Taffarel, formaban una piña humana de abrazos y efusiones, mientras los italianos, abatidos, desolados, caídos en la hierba, lloraban amargamente. El contraste resultaba conmovedor.

La ceremonia de entrega del trofeo, una hermosa escultura en oro macizo y pedrería valorada en 50 000 dólares, al capitán Dunga revistió la debida solemnidad. Los jugadores del Brasil fueron pasando por la mesa situada en el mismo césped para recibir una medalla, también de oro, después de haberles entregado a los italianos otras tantas de plata: la consolación. Volvieron los triunfadores al terreno de juego para dar una vuelta, varias vueltas triunfales al recinto deportivo, alzando la Copa del Mundo, que iba de unas a otras manos y a veces estaba a punto de caer al suelo, quizá llegaba a caer, para ser de nuevo izada entre el clamor de la muchedumbre, que no cesaba de vitorear a los campeones, con un calor muy adecuado a los cuarenta grados que marcaban los termómetros.

Por fin, los futbolistas se retiraron a los vestuarios, sudorosos y felices. Una vez dentro, el seleccionador, Parreira, fue abrazándolos uno por uno, mientras seguían los gritos y los llantos jubilosos y las efusiones entre aquellos fornidos mozos, de atezada piel y ojos brillantes, que acababan de alcanzar la máxima gloria posible en su oficio. Llegó a poco el presidente de la Confederación Brasileña de Fútbol, Ricardo Teixeira, recibido con radiantes muestras de euforia, y también se abrazó con todos, sin importarle para nada que su elegante chaqueta quedase hecha unos zorros. Después se acercó a la banqueta donde habían colocado la copa —la *Taça*, le llaman ellos— y la besó con emoción. La mantuvo unos segundos en alto y volvió a besarla. Fue entonces, al atraerla hacia sí, cuando creyó notar algo extraño.

Así que la palpó y le dio la vuelta y la miró y la remiró y la sopesó con cuidado. La víspera, durante la recepción de la FIFA, ya la había tenido entre sus manos, mientras su colega, el presidente de la Federación Italiana, le bromeaba a propósito de su poseedor definitivo. Entonces le pareció más pesada. «Bien —pensó—, debía tratarse de una apreciación equivocada.» Pero recordaba que mister Havelange, el presidente de la Internacional, les había comentado el subido valor de la copa, destacando su contraste, que garantizaba la pureza del oro, y la marca del artífice, al pie de la escultura.

Y ahora no los veía.

Un sudor frío sustituyó al cálido que hasta entonces perlaba la frente del presidente Teixeira. Jorginho, el bravo Jorginho, una de las figuras del partido, le estaba ofreciendo una botella de champán; bebió maquinalmente un sorbo corto y apenas escuchó lo que le decía Parreira, sin duda un elogio a los esfuerzos de la Confederación durante los meses previos al campeonato, cuando tanto hizo por lograr la más adecuada preparación del equipo. Puso la copa debajo del brazo, musitó unas palabras para justificar que se la llevase y abandonó precipitadamente el vestuario, entre las cariñosas protestas de los jugadores y de los muchos periodistas y federativos que habían ido llenando la habitación y que no dejaban de chillar, de dar saltos y de repartir besos y abrazos.

Alcanzó a las máximas autoridades de la FIFA cuando estaban a punto de subir en los automóviles. Hizo un aparte con Havelange, que frunció el ceño mientras se calaba las gafas para mirar con cuidado la copa; después, la sopesó varias veces y llamó con un gesto al jefe de seguridad de la organización y al secretario general. Ambos la palparon, le dieron vueltas, la repasaron minuciosamente. Con voz compungida, el jefe de seguridad dictaminó:

—Es una falsificación.

Mister Havelange enrojeció su rostro.

—No es posible...

—Lo siento, presidente; desde luego, ésta no es de oro. Eso sí, la reproducción resulta perfecta.

Varias personas se acercaban al grupo. Mister Havelange susurró:

—Ni una palabra sobre esto. —Y al jefe de seguridad—: Hay que proceder inmediatamente...

El presidente, aparentando una completa tranquilidad, se unió a los que llegaban.

—Me perdonarán, pero tengo que despedirme del gobernador; espérenme en el hotel.

Volvió junto al presidente brasileño, el secretario general y el jefe de seguridad.

—Tenemos que contactar en seguida con el FBI.

Subieron todos en el coche de Havelange.

—¿Se les ocurre algo? —preguntó, nervioso, el máximo dirigente de la FIFA.

Los otros negaron con la cabeza.

—¿Pero cómo es posible que esto haya ocurrido? En alguna ocasión anterior recibimos soplos, tuvimos sospechas... Dos veces robaron la copa, pero del local donde estaba depositada. Hacerlo en el propio estadio, durante la mismísima final, parece inconcebible.

—Lo es —musitó el jefe de seguridad.

—¿Y no imagina nada? ¿No es capaz de adivinar quiénes han podido ser? Veamos: ayer me aseguró que, a pesar de las dificultades, habían sido perfectamente controladas las entradas en Los Ángeles de posibles sospechosos. Que todos estaban debidamente vigilados. Piense, piense, por Dios. ¿No se le ocurre algún nombre?

El jefe de seguridad se dio la clásica palmada en la frente.

—¡Claro! Le seguíamos por razones muy distintas; pero ahora me doy cuenta de que pudo haber sido él. Anoche fue visto en el Ritz Carlton, durante la recepción. Iba disfrazado, según su costumbre, pero nuestros agentes le identificaron. Usaba una credencial de periodista y estuvo merodeando alrededor de la mesa donde se encontraba la copa, vigilada por dos policías.

—¿De quién se trata?

—Del español.

—¿Qué español?

—Luis Roldán.

ONE

Los Ángeles es una ciudad atípica; en realidad, se trata de un conjunto de barrios, mejor aún, de pueblos, unidos entre sí por autopistas a las que llaman calles o avenidas, como si en realidad lo fueran. Trece millones de habitantes se desparraman a lo largo y a lo ancho de 2 600 kilómetros cuadrados; el núcleo urbano propiamente dicho, Down Town, está situado en el mismo lugar donde la primitiva ciudad fue fundada, en el siglo XVII, y de ella todavía se conserva una iglesia, naturalmente de estilo colonial español. En Down Town han crecido los rascacielos y las zonas comerciales, además del barrio chino, inevitable en toda ciudad norteamericana y que, obviamente, no debe ser confundido con lo que en España llamamos así.

Pero Los Ángeles es también Pasadena y Burbank y Santa Mónica y Beverly Hills y las playas de Venice y de Malibú y Orange County y, por supuesto, Hollywood, donde toda nostalgia tiene su asiento, aunque hoy no sea más que una ruina, un fantasma del pasado. Los estudios de la Universal se enseñan al público como museo de ajadas reliquias cinematográficas y los entusiastas pueden evocar la fama olvidada de las estrellas en el Teatro Chino, que allí dejaron impresas las huellas de sus manos, en mejores tiempos.

Naturalmente, por Los Ángeles no se pasea; se va a todas partes en automóvil, a lo largo de las avenidas/autopistas que unen barrios a través de urbanizaciones más bien modestas, con casas de madera de una sola planta y con pequeño jardín. Excepción hecha, claro está, de Beverly Hills, residencia de multimillonarios famosos, pródiga en espléndidas mansiones y lujosas boutiques, cuyos paseos están llenos de limusinas enormes. Resulta curiosa la afición de los norteamericanos ricos por esos coches tan largos, que hacen recordar inevitablemente —sobre todo si son negros— nuestros furgones fúnebres.

Está claro que en semejante conglomerado urbano, tan disperso, no resulta difícil pasar desapercibido. Con mayor motivo, si en ocasión de los Mundiales de fútbol, millares de personas venidas de todas partes hacen aún más ardua la localización de alguien en concreto. Fue lo primero que advirtieron a los atribulados magnates de la FIFA en el departamento del FBI, al que habían acudido para denunciar el robo y suplantación de la valiosa copa de oro. También les indicaron la conveniencia de no hacer público todavía el suceso; el escándalo sería enorme en todo el mundo, se dificultarían las investigaciones y, además (el comentario fue de Havelange), el equipo vencedor podría reclamar daños y perjuicios al recibir un trofeo malbaratado.

Todos se pusieron a reconstruir los principales acontecimientos de los últimos días. Ciertamente, el campeonato había sido rico en anécdotas; pero en aquel momento sólo recordaban las estrictamente futbolísticas. Por ejemplo, comentó uno de los agentes, de origen hispano, aquello tan curioso de que el impulsivo jugador búlgaro Hristo Stoitckov, insultase en castellano a los árbitros. Millones de telespectadores habían podido constatar, a través de imágenes directas, cómo el delantero del F. C. Barcelona llamaba hijo de puta (con perdón) al colegiado y lo repetía en varias ocasiones, modulando tan perfectamente las palabras en español, que el denuesto se entendía con claridad. Por cierto que el honorable Pujol había hecho ya patente su disgusto ante el hecho intolerable de que el futbolista azulgrana no hubiese insultado en catalán, como era su obligación.

Resultaba asimismo curioso que Alexi Lalas, el capitán del equipo anfitrión, como se denominaba al de los Estados Unidos, fuese caracterizado de Buffalo Bill y se dedicara profesionalmente a la música rock, aunque a raíz de sus buenas actuaciones, iba a tomarse el fútbol como oficio. O que la selección de Suecia, que en buena lógica debía estar compuesta exclusivamente por gigantes rubios y de ojos azules, contase con un jugador negro, de pelo rizado, cuyo origen resultaba un tanto misterioso. Se llamaba Dahlin y el teniente del FBI parecía mucho más interesado en conocer la razón de tal anomalía, que en entregarse de lleno a la búsqueda de la copa robada. Mister Havelange comenzó a perder la paciencia; con visible enfado, preguntó:

—¿Y qué hay del sospechoso?

El teniente Callaghan pulsó las teclas del ordenador; en la pantalla apareció una completa biografía del presunto responsable.

—Ahí lo tiene —indicó—. Como verá, se trata de un delincuente muy especial.

Havelange, que no habla demasiado bien el inglés, creyó confundirse al leer las primeras líneas del informe.

—Perdone, señor; debo de estar equivocado, porque me parece leer aquí que ese a quienes ustedes consideran delincuente fue durante más de siete años director general de la Guardia Civil española...

—Efectivamente: lo fue.

—Pero vamos a ver, ¿la Guardia Civil no es algo así como el FBI? Cuando celebramos en España los Mundiales del 82, prestó magníficos servicios a la organización; ha de tratarse de un error.

—En absoluto. Desempeñó ese cargo y antes otro, también de la máxima confianza, gobernador del Estado o provincia de Navarra. Lea, lea...

El presidente de la FIFA volvió a concentrar su atención en el ordenador. Su sorpresa iba en aumento, a medida que avanzaba en la lectura.

—También dice que huyó llevándose setenta dossiers con informes confidenciales. Eso debe ocupar mucho espacio.

—Y pesa muchos kilos.

—Entonces, necesitaría cómplices, ayudantes. Y un vehículo grande. Sin embargo, escapó fácilmente. ¿Cómo es posible?

El agente de origen hispano, con cierta satisfacción, comentó:

—*Spain is different*...

—Ya, ya. ¿Y por qué le vinculan con el robo?

Hubo un silencio, que rompió el teniente del FBI.

—Digamos que se trata de intuiciones. El pasado jueves, día 14, supimos que Roldán había entrado en los Estados Unidos. Aunque usaba un pasaporte con nombre falso, si bien perfectamente legal en cuanto a su expedición en España, nuestros servicios de información le identificaron en Atlanta. Ya saben ustedes a qué extremos de agudeza y perspicacia llegan nuestros servicios; en esta ocasión, bastó con los datos obtenidos en una tienda del aeropuerto para dar con su pista. La compra efectuada por Roldán le delató al instante.

—¿Qué había comprado?

—Una docena de calzoncillos, pero de un modelo completamente pasado de moda, que en el establecimiento estaban liquidando sin ningún éxito. Son unos calzoncillos absurdos, con florecillas bordadas, absolutamente ridículos.

—Horteras —precisó el agente de origen hispano.

—Exactamente: horteras. Que coincidían con los que este personaje usa, al menos en sus orgías sexuales. Fíjense...

Pulsó otras teclas del ordenador y aparecieron las famosas fotografías del escandaloso reportaje de *Interviu*, con Roldán en calzoncillos, unos calzoncillos también floreados y horteras, y rodeado de mujeres gordas con celulitis.

—¿Por qué no le detuvieron en Atlanta?

—Carecíamos de razones para hacerlo. Su entrada en USA resultaba legal, pues ya le digo que aunque lo hiciese con nombre supuesto, su pasaporte era perfectamente válido; en ocasiones sucede que determinadas personas viajan así, por razones de seguridad, y nada se les puede imputar, si la documentación extendida en el país de origen es correcta. De modo que nos limitamos a seguirle, para tenerle vigilado en todo momento por tratarse de persona potencialmente peligrosa.

—El viernes perdimos su pista... —reconoció el agente de origen hispano—. Es muy hábil...

—Pero el sábado dimos de nuevo con él, en el Dodger Stadium: había acudido al concierto de los tres tenores. Uno de nuestros hombres le reconoció durante el descanso, en la zona de fumadores.

—Lógico; es tan reducida...

El teniente Callaghan dirigió una mirada reprobatoria al agente de origen hispano, cuya adicción al tabaco le constaba. Por lo demás, tenía toda la razón: en el inmenso estadio, las zonas para fumadores consisten en un rectángulo de aproximadamente tres metros por cinco, marcado como las plazas de garaje, en el que se amontonan los abnegados viciosos de la nicotina, que fuman pegados los unos a los otros, soportando los gestos indignados de cuantos pasan frente al gueto, consumiendo palomitas a grandes dosis o devorando grasientas hamburguesas.

—Por cierto que nuestro hombre, que a partir de aquel momento no le perdió de vista, resalta que Roldán debe ser una persona de gran sensibilidad, pues cuando Plácido Domingo comenzó a cantar *Muñequita linda*, que por lo visto es una canción muy española, no pudo reprimir unas lágrimas de emoción.

—¿Y después?

—Marchó en un coche alquilado al Ritz Carlton, donde se celebraba la recepción oficial. Entró en los salones con una credencial de prensa, también auténtica, y en todo momento estuvo pendiente de la copa de oro.

—¿Qué hizo esta mañana, antes de la final?

El teniente dudó en contestar, hasta que tuvo que reconocer:

—No lo sabemos. Nos consta que se alojaba en el Holiday Inn de Burbank, en la habitación 512; que protestó por la mala calidad del servicio, en lo que no le faltaba razón; que desayunó a las nueve de la mañana un zumo de naranja y café con leche; que desde el comedor volvió a su habitación. Ahí le perdimos.

—Pero tendría que salir de su cuarto...

—En el hotel había centenares de aficionados, así brasileños como italianos. Muchos llevaban las caras pintarrajeadas, ya sabe, es la moda entre los hinchas más fanáticos. Quizá se disfrazara de *tifosi*; en el informe del ordenador se resalta su capacidad para desfigurarse. En el aeropuerto de Atlanta simuló estar impedido y utilizó una silla de ruedas para desplazarse de un lado a otro. El enfermero que le atendió quedó muy satisfecho de él: le dio cien dólares de propina.

Mister Havelange pretendía razonar:

—Seamos lógicos: la *Taça* no puede ocultarse con facilidad. Pesa más de dos kilos y los detectores de metal de los aeropuertos la descubrirían en seguida.

—Están todos alertados.

—Lógicamente, también habrá tenido que regresar al hotel, para recoger su maleta y pagar la cuenta...

—Pagó por anticipado y dejó la maleta en la habitación. Vacía: sin duda, el poco equipaje que lleva lo sacó en alguna bolsa. Ahora, señor Havelange, permítame que sea yo quien pregunte.

¿Quién trasladó la copa desde el hotel al Rose Bowl?

—Un funcionario de la FIFA, en una furgoneta de la policía local, escoltada por dos motoristas. En total, cuatro agentes.

—¿Quién la recibió en el estadio?

—Yo personalmente, en la puerta de autoridades.

—¿Qué hizo con ella?

—La llevé hasta el antepalco y se la entregué al policía de servicio, mientras recibía a los invitados. Sin embargo, puedo asegurarle que en pocos momentos la perdí de vista. El policía la estuvo custodiando hasta el descanso; después, la tuve junto a mí, en mi propio asiento, hasta que se expuso al público en una mesa, junto al terreno de juego, también custodiada por varios agentes.

—¿Quién la bajó del palco hasta esa mesa?

—Yo mismo —dijo el secretario general—. Con el policía que la había estado vigilando.

—¿Les consta que era policía?

Vacilaron los federativos.

—Bueno, iba de uniforme, por supuesto.

El teniente descolgó un teléfono.

—Envíenme la relación de agentes de la policía federal que estuvieron de servicio esta tarde en el palco del Rose Bowl y sus fotografías. Urgente. —Llamó por otro teléfono—: Investiguen en todas las joyerías, orfebres y talleres similares. Entérense si alguien encargó una réplica de la copa del mundo de fútbol.

—Pero si el presunto ladrón entró en los Estados Unidos el jueves pasado, es imposible que le diera tiempo de hacerse con una copia...

—Bien visto —reconoció el teniente—. Debió traerla consigo.

—¿Y cómo pasó el control del aeropuerto?

—Ése es el problema.

El presidente de la Confederación Brasileña, que no había abierto la boca hasta entonces, se permitió preguntar:

—¿No sería oportuno que entrasen en contacto con la policía española? Quizá allí sepan por dónde anda el tal Roldán.

—Ya lo hicimos el jueves, en cuanto supimos que estaba en nuestro país. Se sorprendieron mucho; excuso decirles el interés que tienen en localizar al individuo. De tal forma, que han desplegado todos sus efectivos en una magna operación de búsqueda. Sus noticias eran que Roldán estaba en Zambia o en el Kurdistán; de ahí su asombro cuando les aseguramos que se encontraba en Los Ángeles. Por cierto... —Descolgó un tercer teléfono—. Póngame en inmediato contacto con Madrid. Señor Canillejas o Canijas, no recuerdo; confírmelo en el ordenador. Sí, en el Ministerio de Justicia y de Interior. Necesito hablar con él urgentemente; tenga dispuesto un traductor, porque solamente habla español. —Consultó su reloj de pulsera—. Ahora son en Madrid las tres de la madrugada; no había caído en eso. —Volvió a coger el teléfono—. No comuniquen con el señor Canillejas o como se llame en el Ministerio, sino en su domicilio. Tenemos también el número. Gracias. Recuerde que es urgente. —Se volvió a los federativos, más preocupados a medida que pasaba el tiempo—. Este caballero es un alto cargo del Ministerio español que lleva la operación de búsqueda de Roldán. He tenido anterior relación con él, en ocasión de unos problemas de narcotráfico.

DOS

Feliciano Canillejas tiene un sueño profundo, intenso; más que dormir, parece estar anestesiado. Ronca moderadamente, emitiendo una especie de silbidos graves que incluso podríamos decir que conforman una cierta melodía. Sin embargo, cuando se acuesta después de una noche de copas, de demasiadas copas, sus suaves ronquidos se convierten en rugidos estrepitosos, comparables a los de un león en celo. Y como anoche, la noche del domingo 17, anduvo de farra con Juanita, primero cena en Laray, regada por un Ribera del Duero del 82; después, a mover el esqueleto en Cleofás, estimulados por el champán, se entiende champán, nada de cava; y para rematar la fiesta, más champán en uno de los preciosos chiringuitos que han montado en la Castellana, para júbilo de los adictos a la movida y desesperación de los vecinos del contorno, sus bramidos resultan estremecedores.

Juanita todavía no se ha acostumbrado a semejantes aullidos, pues sólo lleva tres semanas casada con él. Pero ya sabe, de ciencia propia, que el alcohol, a más de provocar en su marido tan sonoro sueño, le dota previamente de una desusada capacidad sexual. Sí; contra la norma habitual, cuando Feliciano se emborracha, la libido se le excita poderosamente, convirtiéndole en una fiera del amor, en un depósito inacabable de poderosa lujuria, en un salido, dicho sea con todo respeto y bastante pelusilla. Deja constancia no menos que tres veces consecutivas de su disposición erótica y acto seguido, se duerme en un tris, para comenzar en seguida la emisión de mugidos estereofónicos.

Entonces, Juanita se va al cuarto de baño, efectúa las abluciones que la higiene aconseja después del coito, tapona sus oídos con unos algodones y regresa al tálamo, acurrucándose en el reducido espacio libre que ha dejado en la cama su ardiente esposo, cuyos resoplidos ululantes le llegan notoriamente amortiguados; y si éstos apenas los oye, mal se puede enterar de que está sonando el teléfono en la sala de estar. No se diga Feliciano, a quien en semejantes trances no sería capaz de despertar ni el terremoto de San Francisco; menos aún, la llamada de Los Ángeles.

A las once de la mañana del lunes, Juanita se despierta, efectúa la siempre tan gratificante primera micción matutina, se limpia los dientes y vuelve a la habitación, para abrir de par en par la ventana. El esplendoroso latigazo del sol no hace mella en Feliciano, que se limita a girar en la cama sobre sí mismo, cambiando la posición del cuerpo. Su mujercita, solícita, mimosona, se sienta en una esquina del lecho, le besa en la frente, le da unos cachetitos, le zarandea con creciente violencia, al tiempo que susurra, primero, y grita, después:

—¡Cariño! ¡Cariño! ¡Cariñooo…!

Por fin, Feliciano entreabre los ojos, y contesta con voz pastosa:

—Buenos días, Rocío. ¿Qué hora es?

Airada, Juanita se levanta y, para hacer más enérgica su protesta, agarra uno de los almohadones y lo tira al suelo, con patente indignación.

—¡Que no soy Rocío, imbécil! ¡Que tu mujer de ahora se llama Juanita! ¿Te enteras? ¡Juanita!

El atribulado esposo se reincorpora, con los ojos todavía a medio abrir.

—Perdona, amor mío. Pero es que llevamos tan poco tiempo casados... Y con la otra lo estuve más de un año; tengo que acostumbrarme, compréndelo.

—Pues a ver si te acostumbras pronto, porque ya me lo has hecho varias veces. En cambio, yo no me equivoco...

Ciertamente: no se ha equivocado nunca, ni con Feliciano ni con sus tres maridos anteriores, Lucas, Jacinto y José, ni con sus varios amantes interpuestos. Pero Juanita, que es muy lista, jamás llamó a sus hombres por su patronímico; a todos les dice «cariño», con lo cual elude el riesgo de la confusión, por otra parte bastante inevitable en personas de tan ajetreada vida sentimental. Bien; el amago de riña conyugal se disuelve en unos arrumacos, unas caricias y unos arremuescos.

Feliciano mira el reloj.

—¡Las once y veinte! Me voy pitando, que a las doce tengo que despachar con el ministro.

Porque, de esto ya nos había informado el teniente Callaghan, Feliciano Canillejas desempeña un alto cargo en el Ministerio de Interior y Justicia, también conocido como el bidepartamento, en gracia a la concentración de poderes efectuada cuando la última crisis por el señor Belloch (o Benlloch, que la cosa no está clara). A sus 32 años, nuestro hombre lleva una brillante carrera política. Fontanero de profesión, militante del PSOE desde 1979, ya destacó por su fervor socialista en las juventudes del partido. A los veinte años fue elegido alcalde de su pueblo, donde desarrolló una magnífica labor, abundante en logros democráticos. Así, demolió la obsoleta cruz de los caídos que los fascistas habían erigido en la plaza del Caudillo, a la que, naturalmente, cambió su nombre por el de Pablo Iglesias. Fue también pionero en el reconocimiento de los derechos de las clases sociales antes marginadas, otorgando un subsidio de viudedad a Fructuoso Felínez (a) *Margarita*, cuando falleció su novio de toda la vida, Heriberto Pilón (a) *Melindres*, víctima de una indigestión de brevas y ciruelas claudias, con subsiguiente peritonitis.

Al acceder José Luis Corcuera al Ministerio del Interior, requirió la colaboración de Feliciano, a quien conocía porque habían trabajado juntos en chapuzas de diversa importancia, cuando aquél ejercía como electricista. También en la Administración Central descolló el talento natural de Canillejas, que supo, además, bandearse con habilidad cuando comenzaron en el PSOE las pugnas y los tiquismiquis entre guerristas y renovadores, de tal forma que nadie pudo nunca adivinar de qué lado estaba. Por lo que Belloch (o Benlloch, que la cosa no está clara) le ratificó en su puesto, sabedor de su eficacia y elevado sentido de la ética. Pues tan sólo es accionista (por persona interpuesta) de tres sociedades paralelas y en seis años de abnegada entrega al interés del país, únicamente ha podido ahorrar unos cien millones de pesetas.

—¡Adelante...!

El biministro, cuando Feliciano entra en su despacho, le hace un gesto indicándole que se siente. El biministro, Juan Alberto o José Alberto, que de ambas formas le llaman en los telediarios, Belloch o Benlloch, que la cosa no está clara, es persona de indudable valía, pero su inteligencia no va acompañada, ciertamente, por una imagen atractiva. El biministro es murrio, fúnebre, amarrido, cacoquimio y maganto (1); nadie le ha visto nunca sonreír en público. A las funcionarias del departamento les daba mucho miedo cuando se lo encontraban por los pasillos; incluso una, delicada del corazón, padeció un amago de infarto al coincidir con él en la escalera, al anochecer y con poca luz. Pero con el tiempo, ya han ido acostumbrándose.

—Buenos días, ministro —saluda respetuosamente el subordinado.

—Hola, Feliciano. ¿Te ocurre algo? Tienes mala cara...

Feliciano se traga, por elementales razones, el «pues anda que tú...», que hubiera sido la respuesta lógica.

—Es que no he dormido bien.

—Cuídate. La temporada que nos espera será dura. Bien, veamos. ¿Has preparado el borrador para el proyecto de ley de extensión familiar?

—Tengo tomadas unas notas. A ver qué te parecen...

(1) Sinónimos de triste; no piensen otra cosa. *(N. del a.)*

—No quiero que se nos adelante Cristina Alberdi, como pasó con lo de la unión de las parejas de hecho. Estas chicas del partido han llegado al Gobierno con un ímpetu tremendo; no paran de tener ideas. Además, son muy ordenadas y muy trabajadoras y muy eficientes.

—Efectivamente; parecen unos hombrecitos.

El biministro toma las cuartillas que le entrega Feliciano y las lee con cuidado. Se trata de una audaz innovación legislativa, otra más que añadir al paquete de saludables medidas con las que el Gobierno socialista se dispone a renovar las estructuras caducas de la sociedad española. Reconocidos ya los derechos conyugales de las llamadas parejas de hecho, gay/gay, lesbiana/lesbiana, urgía dar asimismo cauce jurídico al problema de los polígamos de ambos sexos, huérfanos hasta el presente de las debidas medidas proteccionistas, lo cual los sitúa en posiciones de clara indefensión frente a los monógamos, especie, por otra parte, claramente a extinguir.

Por ello, el proyecto de ley previene la apertura en los ayuntamientos y juzgados de familia de unos libros donde puedan inscribirse aquellos esposos que convivan con varias mujeres al mismo tiempo o viceversa. A todos los cónyuges compartidos (técnicamente, «comaridos» o «coesposas») se les reconocerá el acceso a los gananciales, prorrateándose de acuerdo con la antigüedad en la convivencia. En la misma proporción se distribuirá el caudal relicto al efectuarse las particiones testamentarias o la aplicará el juez, en el caso de los *ab intestato*. Pero la ley tiene un alcance primordialmente social: con ella se evitarán problemas en el seno del matrimonio compartido y, sobre todo, se acabará con el estigma moral (falsamente moral) con que, a lo largo de los siglos de oscurantismo, venían marcados los hombres o las mujeres capaces, gracias a una pujante aptitud amatoria, de convivir a un tiempo con varias personas de distinto sexo.

—Aquí habrá que matizar este artículo —dice el biministro— porque, obviamente, la ley de extensión familiar será también de aplicación a los poliandros y a las polígamas. Quiero decir, a los homosexuales que tengan varios maridos, o como los llamen, y a las tortilleras, perdón, lesbianas, que convivan con otras diversas.

—Claro; no había caído en eso...

Hace unas anotaciones en la copia que está manejando.

—He pensado también —dice el biministro— que en la exposición de motivos, además de detallar las infinitas razones de progresismo, igualdad de derechos humanos, erradicación de prácticas viciosas de la dictadura y defensa del verdadero concepto de la familia que justifican la ley, deberemos resaltar que, con ella, se aminorará el problema de la vivienda, pues en adelante, los polígamos podrán compartir el mismo piso con todas sus mujeres.

—Muy bien visto —adula el subordinado.

—Añade esas cosas y que te lo pasen a limpio. Estoy seguro de que al presidente le encantará.

—¿Quieres tenerlo hoy mismo?

—No, porque esta tarde no voy a verle. Está de fiesta familiar; celebra sus bodas de plata con Carmen.

—¿Y cómo no se ha comunicado a todos los departamentos? Le hubiésemos enviado algún obsequio a la Moncloa...

—El presidente no ha querido darle publicidad, dada la fecha en que se cumplen sus veinticinco años de matrimonio. La celebración será puramente íntima.

—¿Pues qué pasa con la fecha?

—¿Es que no sabes qué día es hoy?

—Sí. 18 de julio. ¿Y eso qué importa?

El biministro le mira con benevolencia desde sus ojos mohínos (2), empequeñecidos por las gigantescas bolsas de los lagrimales.

—Eres tan joven...

—Nací en 1962. ¿Y qué?

—Que ni lo habéis vivido ni sabéis historia ni falta que os hace. El 18 de julio de 1936, querido, fue el día en que Franco, con los moros, los alemanes, los italianos y el brazo de santa Teresa, se levantó en armas contra el legítimo y muy democrático Gobierno del Frente Popular, desatando la guerra civil. Una fecha muy triste para este país, que, naturalmente, hemos conseguido que casi todos hayan olvidado. ¿De verdad no te sonaba?

—Pues mira, ahora que lo dices, recuerdo que de chaval mi padre venía muy contento a casa, con la paga del 18 de julio. ¿O no era así?

—Efectivamente. Una de tantas añagazas del antiguo régimen para embaucar a los trabajadores, a quienes pagaba extraordinarias y les daba seguridad social completa y los tenía en pleno empleo y les construía ciudades sanatoriales y les hacía viviendas, para que no se diesen cuenta de que carecían de libertad sindical y de partidos políticos.

—¡Qué gentuza, oye...!

(2) Sinónimo también de tristes, conste. *(N. del a.)*

—Bueno, gracias al socialismo y al *ABC*, todos los jóvenes estáis ya convencidos de que el franquismo fue un desastre para el país.

El biministro se levanta, sale de detrás de la mesa y se despide de Feliciano sin la menor efusión. Cuando se queda solo musita, hablando consigo mismo:

—La verdad es que Felipe ya podía haber elegido otro día para casarse...

Lo que el señor Belloch (o Benlloch) quizá no sabe son las circunstancias de aquella ceremonia, celebrada el 18 de julio de 1969, en la iglesia de Nuestra Señora de Loreto, de Sevilla, en la que contrajeron santo matrimonio el (entonces) joven abogado don Felipe González Márquez y la bella señorita Carmen Romero López, hija del coronel médico del Ejército del Aire, don Vicente Romero, y de doña Carmen López, ambos muy respetados en la ciudad por su religiosidad y notoria adhesión al régimen.

Cuando Feliciano regresó a su despacho, la secretaria no le dio tiempo a sentarse.

—Que han llamado de América; del FBI, nada menos.

—¿A santo de qué?

—No han querido dar ninguna explicación; dicen que es muy importante y muy urgente y que les llamemos en seguida. Aquí tengo el número.

—Bueno, llama. Pero antes, prepárame un café muy cargado.

Se lo tomó a sorbitos, que es como mejor sienta cuando hay que despejar la cabeza. Desde Los Ángeles, el teniente Callaghan no disimulaba su enfado; y eso que, presumiblemente, el intérprete edulcoraba sus palabras.

—Llevo desde ayer intentando conectar con usted; le he llamado a su casa esta madrugada, bueno, la madrugada en España, y nadie contestó. Aquí son ahora cerca de las diez de la noche y por su culpa me he perdido el partido de la NBA...

—Lo lamento de veras; la culpa es, en realidad, de las nueve horas de diferencia horaria entre los Estados Unidos y este país. ¿Pero qué ocurre? ¿No habíamos liquidado ya el asunto de los narcotraficantes?

—Se trata de algo mucho más grave, mucho más *shockink* (el intérprete no supo traducir la palabra). Han robado la Copa del Mundo; sí, la que ayer ganaron los brasileños. Dos kilos de oro macizo y la pedrería, legítima; cincuenta mil dólares, valor en el mercado.

—Bien, ¿y qué tenemos nosotros que ver con eso?

—Tenemos fundadas sospechas de que el ladrón es Luis Roldán.

—¡Coño! (El intérprete tampoco supo traducirlo.)

—¿Pero no decían ustedes que estaba en Zambia o en el Kurdistán? Bueno; pues el pasado jueves llegó a Los Ángeles, vía Atlanta. Permítame decirle que sus servicios de información son deficientes. (Aquí el intérprete moderó el *a shit* (3) del original.)

—Vamos, vamos, querido Callaghan, no se ponga así. Ya vio cómo funcionamos con lo del narcotráfico...

(3) Una mierda. *(N. del a.)*

—Me parece que es lo único que les preocupa. Por cierto, cuando hicimos aquella operación, ¿no era Roldán director general de la Guardia Civil?

—Creo recordar que sí.

—No lo entiendo, oiga. Bien, a lo que importa. Necesitamos que nos envíen toda la información posible sobre este individuo. Huellas dactilares, incluso las de los pies, nombres que suele usar, fotografías, vídeos, aficiones, vicios, compañías más frecuentes, posibles caracterizaciones. Lo de la ropa interior ya lo sabemos. ¡Ah! Y, sobre todo, fuentes de financiación. Nos consta que gasta mucho dinero. ¿De dónde ha salido?

A Feliciano le dio reparo contarle que de las arcas del Estado, es decir, de los presupuestos generales, o sea, del bolsillo de todos los contribuyentes. Así que le prometió atender su encargo con la mayor celeridad y se despidió con un *good morning*, que era lo único que sabía decir en inglés. Aunque Callaghan tuvo que corregirle: para él era *good evening*.

Feliciano volvió a toda prisa al despacho del biministro.

THREE

Ante el cariz que tomaba el asunto y para eludir responsabilidades, el teniente Callaghan informó del robo a la cúpula del FBI, en Washington, a las 19.50 del mismo domingo. Aquélla, dada la notoria trascendencia internacional de la cuestión, consideró necesario dar cuenta inmediata a la Casa Blanca. Como el presidente Clinton estaba, según costumbre, en viaje de buena voluntad por el extranjero, el informe se transmitió al Departamento de Estado, que apenas recibido, lo remitió al fiscal general. El fiscal general comunicó con el fiscal del distrito, ordenándole que, sin mayor dilación, se facilitara la noticia a todos los medios de comunicación, para evitar cualquier interpelación posterior en el Senado, ya que, de seguir manteniendo el secreto, se podría infringir la enmienda 14.ª de la Constitución, que consagra el derecho de los ciudadanos norteamericanos a obtener plena y veraz información.

A las 16.23 del lunes 18, hora USA, la UPI se adelantaba a todas las demás agencias, difundiendo la noticia a través de sus pantallas. Curiosamente, en Brasil no impresionó lo más mínimo; sin duda, los *canarinhos* consideraban la copa como mero símbolo de algo que ya nadie podría, en cambio, quitarles: el título mundial. Por el contrario, en Italia, toda la prensa (incluido *L'Osservatore romano*, órgano del Vaticano) dedicó grandes espacios, en primera página, a la noticia, ampliamente glosada en editoriales. El de *Tuttosport*, bajo el operístico titular *La forza del destino*, interpretaba lo ocurrido como una esotérica confirmación de *la jetattura de la nazionale* en la final; como la más irrebatible prueba de la injusticia del resultado.

El Departamento de Prensa del FBI, al facilitar su nota oficial a los medios de comunicación, omitió cualquier referencia a la posible identidad del autor o autores del robo y cambiazo de la copa, limitándose a afirmar que, por el momento, no existían pistas fiables. Conocía sobradamente el FBI, por anteriores y dolorosas experiencias, el riesgo de imputar a cualquier persona en concreto una presunta responsabilidad delictiva; pues si, posteriormente no se confirmaba, los tribunales podían condenar al Estado a pagar al erróneamente acusado una indemnización de muchos millones de dólares por daños morales, afrenta a su dignidad, menosprecio y temeridad informativa.

Con mayor motivo en este caso: los informes que iban llegando sobre Luis Roldán destacaban su asombrosa capacidad para sacar dinero de todas partes.

Enviado con toda urgencia desde Washington, Jonathan B. Martínez llegó a la oficina del FBI, en Los Ángeles, a primeras horas de la tarde del lunes, casi al mismo tiempo que la noticia del robo se difundía por el mundo. Era uno de los detectives más prestigiosos de la organización, con cientos de asuntos brillantemente resueltos en su expediente. Tenía poco más de cincuenta años y, como su apellido delataba, procedía de hispanos, lo que le hacía especialmente idóneo para este caso, ya que, además, había pasado varios años en Madrid, en Torrejón de Ardoz, en los buenos tiempos de aquella base militar conjunta. Por si algo faltara, tuvo amores con una joven bilbilitana, empleada de supermercado, y era gran aficionado al *soccer*, que descubrió durante su estancia en España. Por supuesto, se había hecho hincha del Real Madrid y de Amancio Amaro, en particular.

Con evidente impaciencia, le estaban esperando el teniente Callaghan y nuestro ya conocido agente de origen hispano, de quien ha llegado el momento de decir que se llama Michael Collison. Les acompañaba el policía federal Edward G. Stevenson, en uniforme azul y sudando a chorros, parte por los nervios, parte por la subida temperatura ambiental.

Callaghan dedicó al detective una mueca que, con cierta generosidad, cabía interpretar como saludo, para proceder inmediatamente de modo genuinamente americano.

—Le presento al agente Collison, que ha sido adscrito a la investigación. Collison, el detective Martínez. (Lo pronunció *Martaynis.*)

—*Hello.*

—*Hello, sir.*

—Éste es Stevenson, de la policía federal; esperábamos que usted llegara para interrogarle. ¿Listo?

—O.K.

—*All rigth.*

—Puede sentarse, Stevenson —dijo Callaghan, aclarando en seguida al detective—: Se trata del policía que custodió la copa robada en el palco del Rose Bowl.

—¡Ah!

—*Yes.*

El detective sacó del bolsillo de su horrorosa chaqueta esport, de grandes cuadros verdes y amarillos, una pipa de madera de boj y la agarró entre los dientes. Pero sin llenarla de tabaco, aclarémoslo en seguida; el sagaz Martínez se guardaba muy mucho de fumar en acto de servicio, ya que no quería comprometer su brillante carrera. Se limitaba, pues, a mordisquear la cachimba, para consolar el vicio. Mientras, el teniente había comenzado a preguntar.

—El presidente de la FIFA ha declarado que le entregó a usted la copa, en el antepalco del estadio. ¿Fue así?

—*Yes, sir.*

—¿Qué pasó luego?

—La dejé sobre una mesa y me coloqué al lado. Mientras, el señor de la FIFA...

—¿Mister Havelange? —precisó Callaghan.

—*Yes, sir.* Mister Havelange recibía a los peces gordos, ya me entienden, y los abrazaba y todo eso.

—¿Cuánto tiempo duró el recibimiento?

—Digamos que media hora.

—Bien. Empieza el partido. ¿Dónde está la copa?

—En el mismo sitio y yo, al lado. Sin perderla de vista.

—¿Puede asegurarlo?

—*Yes, sir.*

—¿No se distrajo en ningún momento mirando el juego?

—¡Oh, no! Me aburre el *soccer.* Lo mío es el béisbol.

—Lógico.

—En el descanso, me refiero al primero, el señor de la FIFA...

—Mister Havelange.

—*Yes, sir.* Mister Havelange y otro señor se llevaron la copa y la colocaron en una repisa del palco donde estaban sentados. Entonces, me dijeron que podía esperar afuera.

—¿Le dijeron eso?

—*Yes, sir.*

Callaghan miró a Martínez, que seguía masticando la pipa.

—¿Quiere preguntar algo? —sugirió.

Martínez se acercó al policía federal.

—¿Sabe si la copa tenía algún estuche o alguna bolsa donde pudiese guardarse?

—*I'm sorry:* no lo sé.

—Gracias. Por mi parte, no hay más preguntas.

—Tampoco por la mía —coincidió Callaghan—. Puede marcharse, Stevenson. Y *thank you.*

—*Bye bye* —dijo el policía, que hizo el saludo reglamentario antes de salir del despacho.

El detective Jonathan B. Martínez quedó pensativo y, naturalmente, tanto el teniente Callaghan como, con mayor motivo, el agente Collison respetaron su meditación. Al cabo de un minuto largo se sinceró con ellos:

—Difícil asunto, caballeros. Ya sé que tienen ustedes un sospechoso, pero me parece prematuro centrar exclusivamente la investigación en esa persona, creo que se llama Roldán, ¿no? Porque, veamos: la copa se guarda en un estuche o camarín. Al menos, así lo he visto en unos programas de los campeonatos que imagino que también conocen. Allí aparece dentro de una especie de capilla, cuyas dos digamos pequeñas puertas están abiertas, mostrando la valiosa pieza sobre una superficie aparentemente acolchada. Y yo pregunto: ¿quién la sacó del estuche dentro del cual, presumiblemente, sería llevada a Rose Bowl? Ése era un momento muy apto para dar el cambiazo. Entonces, les pregunto ahora a ustedes: ¿cómo se llama quien la llevó hasta el estadio?

Callaghan y Collison se miraron perplejos: no habían caído en tan importante detalle.

—Lo ignoramos. Sólo nos consta, porque así lo declaró mister Havelange, que él personalmente la recibió en la puerta de autoridades del Rose Bowl.

—Tome nota —ordenó el detective—. Entérese de quién la recogió en el hotel Ritz Carlton, quién o quiénes la llevaron hasta el estadio, sus nombres y el nombre del conductor de la furgoneta policial en que viajó.

—*Yes, sir* —respondió, bastante confuso, el teniente.

—Y ahora, veamos el vídeo del partido.

—¿Todo? —preguntó con angustia el agente Collison.

—De momento, no. Sólo desde que se entrega la copa y los futbolistas la pasean por el campo, dando la vuelta de honor, hasta que se retiran al vestuario.

Respiró tranquilo el agente de origen hispano, a quien aterrorizaba la posibilidad de tener que aguantar íntegramente las dos horas y pico de partido. Bajó las cortinas de la ventana y puso en marcha el vídeo, justamente a la altura del penalty fallado por Baggio.

—Más adelante —ordenó el detective.

Aceleró la imagen, hasta llegar al solemne momento de la entrega del trofeo. La copa estaba sobre una pequeña mesa, detrás de la cual se alineaban las autoridades federativas. Carlos Dunga, el capitán del equipo campeón, recibía el trofeo, saludaba a Havelange, lo alzaba en alto. Después se repartían las medallas. Y los brasileños volvían al terreno de juego; mientras la muchedumbre los aclamaba, comenzaban a dar las vueltas triunfales. No sólo los futbolistas, titulares y suplentes: bastantes personas más.

Martínez dio orden al agente Collison de congelar la imagen.

—Vamos a ver. Ahí están los jugadores, dieciséis en total... no, diecisiete. Y Parreira, el entrenador. Unos individuos en chándal; se les distingue perfectamente. Habrá que confirmar si son los masajistas del equipo. Algunos desconocidos más y un tipo, ese que queda de espaldas y lleva una bolsa azul colgada del cuello. Fíjense en el detalle: del cuello, no del hombro, como sería normal.

—Lo haría para evitar que se le cayese. En el tumulto, entre las carreras y los apretones, algunos han resbalado y han ido al suelo, de modo que pretendería asegurarla —razonó Callaghan.

—Ciertamente. ¿Quizá porque llevaba algo dentro que le importaba mucho conservar?

—¿Qué insinúa?

—Pienso en voz alta, sencillamente. Han visto el barullo que se organizó, cómo en algún momento se confunden todos, jugadores y acompañantes, y desaparece de la imagen la copa. Probabilidad: el tipo de la bolsa da entonces el cambiazo.

—Con todos los respetos, lo encuentro imposible.

—He dicho que se trata de una simple probabilidad. Agente, ponga de nuevo en marcha el vídeo. Necesitamos ver la cara del individuo en cuestión.

Sin embargo, no lo consiguieron. Parecía cosa de brujas, una endiablada casualidad: en ningún momento, las cámaras habían tomado de frente al sujeto de la bolsa, que aparecía corriendo de espaldas o tapado por los jugadores o en el centro del grupo, de tal forma que resultaba totalmente irreconocible. Varias veces congelaron la proyección, repitieron determinados planos, repasaron cuidadosamente las imágenes. Inútil. Resultaba increíble, pero durante los más de diez minutos que aquel conjunto de personas entusiasmadas corría alrededor del campo, dando saltos, tropezando unos con otros, cayendo al suelo, cambiándose de manos la copa, en plena confusión, era imposible descubrir el rostro del personaje de la bolsa, en medio del apiñamiento, del tropel, del desordenado enjambre.

—Mucha casualidad —opinó el detective mientras sacudía la pipa contra el brazo metálico del sillón, como si de verdad tuviera que vaciarla de ceniza.

El agente Collison había subido las persianas, una vez finalizada la proyección.

—¿Y bien...? —preguntó, tras una larga pausa, el teniente Callaghan.

—Seguiré pensando en voz alta. Les ruego

que me interrumpan si se les ocurre algún comentario. Éstas son mis primeras conclusiones. A. Debemos comenzar la investigación la víspera del partido, es decir, el sábado 16, cuando la copa se encuentra en el Ritz Carlton y se exhibe durante la recepción. Presumiblemente, estaría colocada dentro del estuche o camarín de que ya hablamos. Esa noche queda debidamente custodiada, en la caja fuerte del hotel. No nos consta cómo fue llevada hasta el salón ni quiénes asistieron a la recepción.

—Perdón, señor. Hemos constatado que Roldán estuvo allí. Sin género de dudas.

—He ahí un dato a favor de la opción Roldán. Pero sigamos. Conclusión B. Traslado de la copa desde el Ritz Carlton al Rose Bowl. Segunda posibilidad de que se lleve a cabo el cambio del original por la falsificación. Ya les he pedido unos datos sobre quiénes intervinieron en ese traslado; cuando los conozcamos podremos, quizá, formular alguna otra opción, distinta de la anterior. C. Desde que la copa llega al estadio y después se coloca en el palco presidencial, hasta que se baja a la mesa situada en el terreno de juego, para hacer su entrega a los campeones. El policía Stevenson descarta que el hecho delictivo pudiese llevarse a cabo a lo largo de esas casi tres horas. No sé; tendremos que efectuar más averiguaciones, interrogar a varios testigos, al mismo señor Havelange...

—Ya no está en el país.

—Lo supongo. Pero podemos localizarle en cuanto queramos. —Jonathan B. Martínez hizo como que aspiraba el inexistente tabaco de su pipa, dio unos pasos y se detuvo frente al ventanal, mirando en silencio el paisaje de los rascacielos de Down Town. Al cabo, continuó—: Conclusión D. La más ilógica, pero por eso mismo, la más atrayente. Saben ustedes por su experiencia que en los casos más embrollados, lo que en principio se nos antoja increíble, quimérico, racionalmente absurdo, termina por resultar válido. Eso supuesto, vamos a admitir que el ladrón salta al campo, aprovechando la confusión y la euforia del momento, mezclado con jugadores, masajistas y demás personas que participan en la marcha triunfal. A esas personas, ¿se las controló de alguna forma?

—En el momento de saltar al campo, para pasear la copa, no. Pero en las bandas no podían estar más que los acreditados.

—Sería fácil falsificar una acreditación. Y en aquel clima de nervios, nadie iba a darse cuenta de que se había colado un intruso, ¿no les parece? Le tomarían por un periodista, por un federativo, ¡qué sé yo!

—Muy posiblemente.

—El ladrón, pues, se mezcla en el desbarajuste de las vueltas al campo, tiene la habilidad de no dar nunca la cara a las cámaras de televisión, lleva la réplica falsificada en la bolsa y en un momento de máximo guirigay, por ejemplo, cuando alguien tropieza y varios caen encima, como sucedió, da el cambiazo.

—Perdóneme, pero lo sigo considerando imposible. Fascinante como teoría, pero de impracticable realización.

—De acuerdo, de acuerdo; sin embargo, no hay que descartar esta opción. Por supuesto, el individuo de la bolsa está en buena forma física, ya que corre al ritmo de los futbolistas, no muy intenso en este caso. Debe ser audaz y muy hábil en las caracterizaciones, porque es de suponer que iría maquillado. Me decía usted, teniente, que ese Roldán es un maestro en disfrazarse.

—Efectivamente.

—Pida a Madrid que amplíen el informe que han mandado, aclarando si consta que hiciese deporte para mantenerse ágil.

—En las grabaciones que hemos repasado parece más bien fofo.

—De todos modos, pregúntelo. Y aproveche para que se enteren en los talleres de orfebrería si alguien encargó una réplica de la copa. Que investiguen sobre todo en Toledo; allí hay magníficos artesanos.

—Sí, señor. —Consultó el reloj—. Esta madrugada, cuando en España sean las diez de la mañana, hablaré de nuevo con mister Canillejas.

—¿Cree que es de fiar? Me refiero en cuanto a la eficacia, claro.

Callaghan dudó unos segundos.

—Sinceramente, no.

—¿Y por qué no se pone en contacto con la dirección de la Guardia Civil? Durante mis años de estancia en España, pude constatar su eficiencia y alto sentido de la responsabilidad.

—Pero, señor, ¿olvida que ese Roldán era el director general del Cuerpo?

—Tiene razón; resulta tan inaudito que no lo recordaba. Esas cosas sólo suceden en mi querida España.

El agente Collison repitió, una vez más:

—*Spain is different*...

CUATRO

Con la más dulce de sus sonrisas, Isabel Gemio comunica a su masiva audiencia que esta noche presentará en el programa nuevas historias de amor absolutamente apasionantes. Fiel seguidora del espacio de Antena 3, Juanita se arrellana en el sillón, enciende un cigarro rubio y se dispone a vivir intensamente las emociones anunciadas. Feliciano no está; tiene cena de trabajo en Jockey con el ministro y le ha advertido que llegará tarde. Se acumulan los problemas últimamente y hay nervios en las altas instancias del partido, porque los ataques de la prensa canallesca (especialmente, el infame diario *El Mundo*) van en aumento. Y eso, a pesar del calor y a pesar del cuarto triunfo consecutivo de Indurain en el Tour, que debía haber bastado para tranquilizar a la opinión pública, devolviéndole la confianza en el Gobierno. Porque, ¿qué más quieren los españoles? Glorias ciclistas, un papel discreto en el Mundial de fútbol, Arancha, Conchita Martínez, Berasategui y Bruguera arrasando en las pistas de tenis de todo el mundo, Olazábal entre los mejores campeones del golf, Jordi Tarrés, irresistible... En cualquier país, semejantes triunfos bastarían para que los ciudadanos se sintieran orgullosos; pero aquí resulta que, olvidando semejantes fastos (consecuencia obvia de la feliz gestión de Felipe González), no hacen más que quejarse por el aumento de las tarifas telefónicas, un insignificante 30 por ciento, y de la gasolina y del tabaco y por la cuestión del trasvase de las aguas del Tajo y por los incendios forestales y por la dichosa corrupción, como si no estuvieran peor en Italia, y eso que Berlusconi es de derechas.

Luego de que en la pequeña pantalla nos han ofrecido hasta cinco marcas distintas de detergentes, todas las cuales aseguran lavar mucho más blanco que las demás; y varios fabricantes de automóviles han utilizado a jovencitas con poca ropa para publicitar sus últimos modelos; y la señorita Fuster y el señor Rappel nos animaron a desvelar nuestro futuro a través de los astros; y de que El Corte Inglés ofertase sus tradicionales rebajas; y de que se nos anticipara el apasionante interés de las películas que pronto podremos ver, todas con muchos puñetazos, tiros, despelotes y revolcones, vuelve —un cuarto de hora después— la imagen de Isabel Gemio, sentada junto a una señora gorda, pizpireta y hortera, que parece estar muy nerviosa.

Isabel la tranquiliza, nos explica que la señora en cuestión se llama Clementina y que hace siete semanas que se ha separado de su marido, después de quince años de matrimonio.

—Bueno —aclara la interesada—, marido, marido, no es, porque no hemos tenido tiempo de casarnos; pero como si lo fuera.

—Claro, Clementina, claro —tranquiliza la guapa presentadora—. ¿Y qué ocurrió después de tanto tiempo de feliz unión? Porque ustedes eran felices, ¿no es eso?

—Vaya que sí. Lo que pasa es que Aniceto es muy suyo, ¿sabe usted?, así como mandón, o sea, machista, que dicen ahora, y no consentía nunca que servidora le llevara la contraria. Pero servidora estaba enamoradísima, ¿sabe usted?, y aguantaba lo que hiciera falta, con tal de contentarle, porque él es bueno en el fondo, muy en el fondo, eso sí, aunque algo raro, ¿sabe usted?

—Todos los hombres lo son, Clementina...

—Pero lo de mi Aniceto ya se pasa, ¿sabe usted?, que a poco de ajuntarnos comenzó con lo de la comida, que si las lentejas no le gustan, que si el jurel se le indigesta, que si esto y lo otro. Después, ¿sabe usted?, vino lo de los caprichos en la cama, eso desde que en la tele comenzaron a dar películas guarras, bueno, les dicen eróticas, ya sabe, y el Aniceto empeñado en repetir aquellos números y servidora, pues qué iba a hacer, con lo enamorada que estaba servidora...

—¿Y qué les pasó hace ahora mes y medio, aproximadamente?

—Pues una tontería, oiga, que servidora quería ver por la tele el recital de Julio Iglesias y él un partido de fútbol y ahí comenzó la cosa, que si aquí mando yo, que si tú eres un tal y un cual, que si no me faltes, que a mí no me lleves la contraria... La bronca, vaya.

—Bueno, Clementina, pero eso es normal en las parejas.

—Es que usted no sabe cómo se pone Aniceto y los gritos que da y los sopapos que me sacude.

—¡No me diga que le pegaba!

—Claro que se lo digo; mire aquí, en la oreja (se la enseña), esto es de un tortazo que me atizó esa noche, que todavía me dura el moratón...

—En el fondo, todo puede ser amor, amor, amor expresado a su manera...

—¡Jolín con las maneras!

—Estoy segura de que, en el fondo, él la quiere...

—Muy en el fondo, ¿sabe usted? No, si el Aniceto también tiene cosas buenas y es muy generoso y de otras mujeres, nada. Pero le pierde el carácter, ya le digo: que no se le puede llevar la contraria. En cuanto se le discute algo, ¡cataplum!, jaleo...

—Ya verá cómo todo se arregla. He hablado con Aniceto y está dispuesto a hacer las paces. Se lo dirá él mismo...

Gesto de asombro en Clementina, sonrisa jubilosa de Isabel Gemio, que se levanta mientras se abren las cortinas del fondo del decorado y comienza a bajar los escalones un individuo menudo, asténico, insignificante, con un bisoñé-boina cubriéndole el cráneo y andares marchosos.

—Bien venido, Aniceto —le saluda Isabel—. Pues aquí tiene a Clementina.

Segundos de vacilación en la pareja, hasta que la gorda se precipita, sollozando estrepitosamente, en los brazos de su hombre. Éste la recibe con cierta frialdad, incluso con cierto asquito, pero la besa en la mejilla, mientras ella hipa y gimotea a moco tendido. El público aplaude fervorosamente, cumpliendo las instrucciones que le ha dado el regidor del programa, hasta que éste baja la mano y cesan entonces los aplausos.

—Siéntense, siéntense —invita Isabel—. Un momento muy emocionante, ¿no es así?

—Mucho, mucho... —lloriquea Clementina.

—Vaya... —sintetiza Aniceto.

—Y ahora, Aniceto, va usted a decirle a Clementina que la quiere mucho.

—Ella lo sabe de sobra... —rezonga el canijo.

—Y que nunca más discutirán.

—¡No, no! —lloriquea la fémina.

—Eso será si no me lleva la contraria —precisa el macho.

—Verá cómo ya no —aventura la presentadora—. Ande, bésela otra vez.

Ahora, Aniceto lo hace en la boca. Cuando termina, ella le confiesa, siempre entre lágrimas:

—¡Te quiero mucho, chiquitín!

—Yo, más, gordita...

—¡No, no! Mucho más yo.

—¡Que te digo que yo, más!

—Ni hablar de eso; mucho más yo.

—Yo, más.

—Más, yo.

—Yo.

—Yo.

Aniceto se levanta hecho un basilisco; está a punto de darle una bofetada, pero se reprime. Y le dice, a grito pelado:

—¡No tienes arreglo, coño! —Y a Isabel Gemio—: ¿Se convence usted ahora? ¡Siempre llevándome la contraria, la muy dictadora!

Abandona el plató a grandes zancadas, perdiéndose por la puerta del fondo, cuyas cortinas abre de un manotazo. Clementina llora desconsoladamente; la señorita Gemio no sabe qué hacer; el público, tampoco, así que el director del programa opta por cortar la imagen y volver a ofrecernos los anuncios de los detergentes, los coches, los futurólogos y El Corte Inglés.

—Ha vuelto a llamar el americano…

—Está poniéndose pesado, ¿eh?

—Y que lo digas, ministro. Ahora quiere que le informemos sobre las facultades físicas de Roldán. Si está en forma, si puede hacer los cien metros lisos en menos de once segundos, si practica asiduamente algún deporte…

—Estos del FBI son peores al natural que en las películas.

—También pide una relación de los casos más recientes de delincuencia, por si pudiese haber relación entre sus responsables y Roldán.

—Facilítaselos; sería estupendo que Mariano Rubio apareciese implicado en el robo de la copa de la FIFA. ¿Algo más?

—Nada urgente. Están poniendo en limpio el proyecto de ley de extensión familiar, con los añadidos que me indicaste.

—Muy bien. Pues hasta la noche. Porque me imagino que irás con tu mujer a la Gala de las Estrellas…

—Yo no estaba muy animado, la verdad, pero Juanita se ha empeñado…

—Claro, hombre. A todos nos conviene distraernos un poco, que menuda racha de problemas llevamos.

—Hasta luego, pues…

El palacio de Congresos y Exposiciones de Madrid está fuertemente custodiado por contingentes de la Policía Nacional, equipados con material antidisturbios. Vallas metálicas distancian del pasillo de acceso al edificio a varios centenares de manifestantes, que vocean pareados poco gratos para el Gobierno, su presidente y la UGT, al tiempo que enarbolan pancartas no menos insultantes. Son damnificados del PSV que, después de haber invertido sus ahorros con la esperanza de obtener una vivienda, se encuentran ahora sin casa y sin dinero, víctimas de lo que consideran (con notoria exageración) una colosal estafa. Aunque los responsables de la cooperativa ya les han explicado hasta la saciedad que todo se ha debido a un error contable sin importancia y que con un poco de paciencia y pagando algo más de lo previsto, todo se arreglará un año de éstos, los (presuntos) estafados siguen enfadadísimos y se presentan siempre allí donde se aguarda la presencia de miembros del Gobierno, para amargarles la fiesta con sus improperios.

La misma actitud, ciertamente antidemocrática, como bien han destacado fuentes del Ministerio de Trabajo, adoptan, entre otros, los obreros despedidos o en trance de despido de la empresa Gillette, que también han acudido esta noche para apostrofar a las autoridades, a medida que vayan llegando, y que se sitúan en el lado contrario que los protestantes del PSV, asimismo bajo fuerte vigilancia policial. En una gigantesca pancarta han escrito esta ingeniosa frase: UNA COSA ES AFEITARSE CON GILLETTE Y OTRA, QUE NOS TOMEN EL PELO. FELIPE: ERES UN CARA.

Una de las primeras en llegar al palacio de Exposiciones, donde va a celebrarse la Gala de las Estrellas, es la ministro de Cultura, doña Carmen Alborch, guapa y bien vestida; los manifestantes se muestran respetuosos con ella, que en realidad nada tiene que ver con sus problemas. De modo que puede, incluso, dedicarles una sonrisa ancha, con sus hermosos dientes que recuerdan el teclado de una pianola. Menor fortuna tiene el señor Borrell, cuya presencia irrita tanto a los contestatarios, que la Policía Nacional tiene que alertar las mangas de riego y hacer varios disparos al aire, con pelotas de goma, ya se entiende. Amparado en el barullo, el señor Atienza pasa desapercibido; es tan menudo, tan insignificante, tan anodino, que nadie se da cuenta de que se trata del ministro de Agricultura, pues más bien parece un oscuro funcionario, al que el jefe le ha regalado su invitación. Viéndole al natural, se comprende que los boniteros del Norte estén a expensas de lo que les plazca decidir a los prebostes franceses. Sobre los cuales, y tras recibir infinitos desplantes, el señor Atienza, según manifestó a la prensa, ha llegado a una luminosa conclusión: no son de fiar.

El hall del palacio se va llenando de rostros conocidos, de gentes populares, de famosos de toda clase, desde políticos a gentes respetables. Jesús Mariñas, el incisivo cirujano de la *jet society*, toma notas en su bloc, con el bolígrafo-bisturí con el que después sajará las pústulas infectadas de esa sociedad. Muchos se admiran de los conocimientos que tiene Mariñas de sus más recónditas intimidades y más aún, de cómo puede estar al día en el trasiego de matrimonios, parejas y amantes en general. Está claro que muchas son sus fuentes de información; pero además, el ordenador le presta una imprescindible ayuda.

Ya que sólo la cibernética es capaz de seguir

al día los vaivenes sentimentales de este desquiciado personal, cuya inestabilidad amorosa hace felices a las fieles lectoras de las revistas del corazón. Cada día, antes de comenzar su periplo por fiestas, desfiles de modelos, bodas, divorcios, exposiciones y estrenos, Jesús Mariñas consulta su ordenador, de alta tecnología. Y allí encuentra actualizada la situación última de las parejas, pues de lo contrario, ni su memoria, ni sus confidentes podrían establecerla sin margen de error. Por ejemplo: hasta las 19.00 horas de ayer, Ana Obregón se había vuelto a reunir con el condesito Lequio, después de que la víspera, éste fuese visto con su anterior esposa, la guapísima Antonia dell'Atte, tras haber pasado unos días junto a la azafata Silvia Tinao, separada de Claudio Montes, a quien María Suelves, la ex de Francis Franco, acaba de hacer padre. Pero el ordenador avisa *(«¡Última hora, última hora!»)* que a las 0.25 de hoy, Ana acaba de asegurar en Marbella que «todo se acabó», yéndose de resopón y baile con sus viejos amigos Paco Arango y Carlos Ochoa (sobrino del célebre Nobel).

Lo de Chabeli y Ricardo Bofill está, por el momento, calmado, quizá porque ella se pasa la vida en Miami y él en Barcelona, donde sale con frecuencia por las noches, siempre bien acompañado. Pero ya llevan un año de casados, de modo que todo puede suceder en cualquier momento. En cambio, la Montiel clausuró definitivamente su fugaz romance nostálgico con Giancarlo y por el momento, sólo piensa en seguir cantando *Fumando espero* y similares novedades de su original repertorio y en apoyar al PSOE cuando lleguen las próximas elecciones, pues sabida es su militancia socialista de toda la vida.

La presencia en estos eventos de Antonio Gala siempre provoca entusiasmos entre sus admiradoras, que le rodean pidiéndole autógrafos. El excelente escritor andaluz de La Mancha va impecable, según costumbre, las ondas de su pelo rubio oscuro perfectamente moldeadas, el traje bien cortado, una camisa de seda rosa con el cuello abierto y el toque decadente, pero chic, de un fular anudado con gracia. Camina despaciosamente, como si lo hiciese sobre las nubes del éxito, y lleva con gracia incopiable uno de los mejores bastones de su colección. Cuando observa, al fondo del hall, el grupo que forman Belloch, Atienza y Narcís Serra, le comenta al joven que le acompaña, con voz susurrante:

—Estos ministros socialistas de ahora, además de ineptos, hay que ver lo feísimos que son...

Por si algo faltase para completar el esperpento, se incorpora al trío Ciprià Ciscar, con su aire ido, las guedejas enrizándose alrededor de la creciente calva y ese aspecto de apóstol escapado de una película de Pasolini sobre la pasión del Señor. No habla, susurra; no parpadea, mira como en continuo asombro; no opina, transmite, pues para algo es el portavoz del PSOE. Su drama es que nadie ha llegado a saber todavía cómo debe acentuarse su apellido, si Císcar es grave o si Ciscar es agudo, lo cual daría pábulo a chistes ingratos. En cuanto al Ciprià, que trajo de su tierra valenciana, no puede abandonarlo en su próspero destino capitalino, pues de utilizar el Cipriano, los madrileños castizos y de la oposición le cantarían el chotis con su nombre, donde se aconseja que «no bajes más la mano, no seas exagerao...»

Coinciden en la puerta el *conseller* de la Generalitat, Josep Miquel Rigat, y el de Ajuria-Enea, Bitzente Karraskosa Kontreras, que se ceden gentilmente el paso:

—*Vostè primer...*

—*Eskarrik-asko.*

Y unidos por sus fervores independentistas, van del brazo hacia la sala, aunque hablando ya en español, para poder entenderse.

—Yo acabo de llegar en el puente aéreo porque esta noche actúa nuestro Joan Manuel Serrat, el *noi del Poble Sec*, que ha prometido cantar aquello tan bonito sobre el *Barça* donde salen Kubala, Moreno y Manchón. Es para que se fastidien los del Real Madrid, ¿comprende?

—Nosotros mandamos espatandanzaris de Galdakaoko, jebos muy artistas o así, con el RH debidamente comprobado. De pura rasa vasca, pues.

—Ya sabrá que nuestro honorable piensa reunirse con su lendakari dentro de unos días. Se trata de potenciar las relaciones culturales entre nuestras dos naciones.

—Interesante lo veo. Siempre catalanes y vascos tuvimos relasión cultural importante. Ahí están Bakero y Goikoetxea y el viejo Andoni, que tantas glorias dieron al *Barça*.

—Pensamos representar en el Romea, naturalmente traducida al catalán, *Tieta Tula*, de Miquel de Unamú.

—A ése no conosco.

—Conviene culturizar a nuestros pueblos, ofreciéndoles obras de autores extranjeros, incluso españoles, para que comprendan que los nuestros son mejores. No va usted a comparar a Serafí Pitarra con Calderó del Vaixell, por ejemplo. O a Lleó Felip y a Josep Ferro con Espriu y con Maragall.

—Muy sosialista ese alcalde. Por sierto y además de la kultura, ¿hablarán los presidentes de ekonomía o así?

—*Molt possible.* Digo que probablemente.

—Porque los catalanes son ricos, oiga, y le sacan las pesetas al Gobierno del Estado español con sandunguera grasia; pero nosotros, jodidos estamos.

—Es cuestión de tácticas. Ustedes, por ejemplo, han perdido turistas.

—Pues Consejería buena propaganda hase, a pesar de Mingote.

—La nuestra, *amb perdó,* es más eficaz. Fíjese en el eslogan que acabamos de lanzar: *You are in the catalan nation.*

—Disculpe, pero no lo he entendido. Es que no hablo catalán, ¿sabe?

Entran en la sala cuando comienza el gran espectáculo. Un ballet de señoritas medio en cueros interpreta una versión actualizada de *La muerte del cisne,* en ritmo rock. Después, Sabina canta una canción; al terminar, el público se despierta sobresaltado para aplaudir con entusiasmo. Antes de hacer su número, Ana Belén dice unas palabras en homenaje a Fidel Castro, paladín de la democracia en el Caribe, valedor de los derechos humanos y sostén (con perdón) de las libertades, ante el cual acaba de tener el honor de actuar. Solicita del público un aplauso y, a ser posible, que se abra una suscripción en favor de los teatros de La Habana, que por culpa del imperialismo yanqui van a tener que privarse de la presencia, en un futuro próximo, de artistas tan unidos a su causa como ella misma, por no poderles abonar sus honorarios.

Cercano ya el descanso, un acomodador se acerca a Feliciano, que estaba echando una siestecita sobre el hombro de Juanita, mientras Aurora Bautista recitaba *Arbolé, arbolé.*

—Perdone. Señor Canillejas, ¿verdad? De parte del señor ministro, que le está esperando en el hall; que salga en seguida, que es urgente.

De puntillas, procurando no molestar demasiado, Feliciano recorre el pasillo hasta encontrarse con Belloch.

—Perdona que te haya hecho salir, pero el presidente acaba de ordenarme que distribuyamos ahora mismo una nota a la prensa sobre la posible responsabilidad de Roldán en el robo de la copa, dándola por casi segura.

—¿Y qué le digo al americano? Me insistió mucho en que no podía aventurarse ningún nombre, porque el FBI no quiere responsabilidades. Y yo se lo prometí.

—Lo diremos como cosa nuestra.

—De todos modos, se nos va a cabrear.

—¿Y qué quieres? Lo manda el jefe y basta. Además, como siempre, el presidente tiene razón. Si la gente se entera de que Roldán puede haber robado la copa, comprenderá que, según el Gobierno viene manteniendo, se trata de un ladrón de gran estilo, de un delincuente internacional. Y parecerá lógico que tardemos tanto en encontrarle, con lo cual recuperaremos imagen.

—¡Qué listo es Felipe, oye!

—Un genio, un talento de estadista fuera de lo común, una cabeza privilegiada, que no nos merecemos...

Se quedan en éxtasis; de no ser ateos, diríase

que dando gracias a Dios por haberles concedido semejante jefe. Cuando salen del arrobamiento, el biministro urge a Feliciano:

—Así que vete a redactar la nota oficial y que la repartan con la mayor rapidez. Te repito que el presidente quiere prisa, mucha prisa...

Un caballero regordete y algo calvo, que como es muy inteligente se ha ahorrado parte del festejo, llegando tarde, y que al pasar junto a la pareja escucha la última frase, confirma, hablando entre dientes:

—Efectivamente; lo importante es PRISA, siempre PRISA...

Se trata de don Jesús de Polanco.

FIVE

El detective Martínez ha instalado en el despacho que acaban de asignarle, con carácter exclusivo, dos grandes pizarras. En una de ellas, bajo la rúbrica *OPTIONS*, pueden leerse las cuatro posibilidades sobre el momento de la comisión del robo, que clasifica —ya lo sabemos— en A, B, C y D. En la otra, con el epígrafe *SUSPICIOUS*, sospechosos, ha escrito: 1. – MISTER ROLDÁN. 2. – «POLICE MISTER STEVENSON.» 3. – «A MAN OF FIFA.» 4. – «POLICE'S CAR DRIVER.» 5. – «THE INCOGNIT MAN WITH THE BAG.» 6. – «RITZ CARLTON'S WAITERS AND GENERIC PERSONAL.» 7. – ¿? Lo que gustosamente traduzco para ustedes: 1. – SEÑOR ROLDÁN. 2. – POLICÍA SEÑOR STEVENSON. 3. – UN HOMBRE DE LA FIFA. 4. – EL CHÓFER DEL COCHE DE LA POLICÍA. 5. – EL DESCONOCIDO HOMBRE DE LA BOLSA. 6. – CAMAREROS Y PERSONAL EN GENERAL DEL RITZ CARLTON. 7. – ¿? (De nada.)

Por el momento, centra sus investigaciones en el policía Edward G. Stevenson, del que ha recibido un completo dossier. Hijo único de un matrimonio que se divorció cuando tenía once años, estudió en la escuela pública; su expediente académico es discreto, aunque destacan en él numerosas sanciones por faltas a la disciplina.

Se le califica como alumno vulgar, con tendencia a promover riñas con sus compañeros. Ingresó en la Policía Federal en 1990, a los veinte años de edad. Tiene un historial discreto: dos apercibimientos por retrasos injustificados al incorporarse al servicio y una citación distinguida por su intervención en la accidentada captura de una banda de ladrones de automóviles.

Es soltero, muy aficionado al baile moderno, frecuenta compañías femeninas y tiene fama de conquistador. Vive solo, en un apartamento de Alvarado St.; su coche es un Ford de segunda mano; no se le conocen amistades constantes y su carácter es introvertido, reservado y muy frío. No fuma, apenas bebe y practica la religión presbiteriana, aunque con tibieza. La tarde del domingo 17, después del partido y una vez se vació el palco de autoridades del estadio, cuya vigilancia tenía encomendada, regresó al cuartel, que abandonó a las 19.00 horas, cuando terminaba su servicio. Sin embargo, no llegó a su casa hasta las 0.45, aproximadamente, según han confirmado varios vecinos. Coinciden asimismo en que iba vestido de paisano y llevaba en la mano una bolsa, aparentemente llena.

—¡Otra bolsa...! —rezonga el detective, que, como está solo, puede fumar golosamente en su pipa de madera de boj.

Pronto tiene que dejar de hacerlo; por el teléfono interior le anuncian la llegada del policía Stevenson. Jonathan B. apaga la pipa, vacía su contenido en un pequeño cubo de basura, cuya tapa cierra cuidadosamente, y agita los brazos para que el humo se pierda por el ventanal. Y ordena que suba el sospechoso número dos.

—Póngase cómodo... —le indica, con una sonrisa que quiere ser cordial y tranquilizadora—. Únicamente deseo que me amplíe algunos detalles referentes a sus actividades del pasado domingo. Pura rutina, ya puede imaginarlo...

—*Yes, sir.*

—Tengo entendido que salió del cuartel, una vez concluido su servicio, a eso de las siete, pero no llegó a su casa hasta pasada la medianoche. ¿Fue así?

—*Yes, sir.*

—¿Puede decirme dónde estuvo durante ese tiempo?

—*Yes, sir.* En la discoteca Gazzari's, en Sunset Boulevard. Me gusta el rock duro y allí hay unos conjuntos excelentes.

—Lo sé, lo sé. También sé que salió de la discoteca alrededor de las nueve, acompañado por una señorita pelirroja, con la que había estado bailando.

—Una amiga mía.

—Ya supongo. Subieron en el coche de usted, ¿y adónde fueron?

—¿Debo contestar?

—Será conveniente.

—Es que, señor, *I'm a gentleman* (1).

—Le comprendo; tengo entendido que también es un seductor.

Sonríe Stevenson.

—Soltero y a mis años...

—Entonces, estuvieron haciendo el amor...

—Conste que eso lo dice usted —interrumpe el policía.

—Lo digo yo, vale. ¿Dónde?

(1) Yo soy un caballero. *(N. del a.)*

—Yo debo contestarle que seguimos bailando en el apartamento de mi amiga.

—¿Que se llama?

—Katherine.

—Katherine, ¿qué?

—Lo ignoro. La verdad es que la conocí aquella misma noche.

—Es usted rápido, ¿eh?

Edward G. Stevenson se encoge de hombros. El detective ha trocado su afabilidad inicial por una manifiesta sequedad.

—¿Dónde está el apartamento de Katherine?

—Bueno, verá... —Por primera vez, el policía parece dudar—. En realidad, estuvimos en un motel, en Wilshire Boulevard. No sé cómo se llama; me llevó ella, que debe de ser asidua.

—Ya. Otra cosa. Usted salió del cuartel vestido de uniforme, pero en la discoteca ya iba de paisano. ¿Dónde se cambió?

—Siempre llevo un traje en el coche. Aparco en cualquier lugar poco concurrido y me cambio; lo hago así para no tener que ir hasta mi apartamento.

—¿Y dónde deja el uniforme?

—En una bolsa que también llevo siempre en el auto.

—Sin embargo, cuando salió del cuartel, llevaba algo en esa bolsa que, por lo que acaba de decirme, no era su traje civil.

—Perdone, no llevaba nada. Tampoco la bolsa.

El detective tuerce el gesto: le ha fallado la pregunta con truco. Porque sus informadores no habían podido precisar si Stevenson, al salir del cuartel, llevaba o no una bolsa en la mano. No lo recordaban.

—¿Tendría inconveniente en que le acompañase a su apartamento, para echar un vistazo?

—*Yes, sir.*

—¿Qué quiere decir con eso?

—Que, naturalmente, no estoy de acuerdo. Mi condición de miembro de la Policía Federal no me priva de mis derechos civiles; cualquier registro en mi domicilio requiere mandamiento judicial. Discúlpeme, pero debemos ser los primeros en cumplir las leyes del Estado...

—Claro, claro...

El detective Martínez mordisquea con fuerza su pipa vacía.

—Bien, nada más por el momento. —Stevenson se levanta—. Espere; creo que tiene libre de servicio el próximo fin de semana. Le agradecería que me informase dónde piensa estar. Por supuesto, no tiene obligación ninguna de decírmelo; pero sería conveniente.

—No tengo intención de salir; probablemente, iré a bañarme a Venice Beach.

—¿Con Katherine?

—¡Oh, no, *please*! Ella ya cumplió su función.

Apenas se queda solo, Jonathan B. saca del bolsillo de la chaqueta —hoy lleva una azul celeste— la bolsita del tabaco, rellena la pipa y aprieta con furia la cazoleta, ayudándose de su dedo índice, que está oscuro de tanto utilizarlo para semejante menester. Se queda mirando la pizarra de los *suspicious* y, de pronto, tiene un pálpito; así que agarra el teléfono y marca atropelladamente el número de Callaghan.

—¡Teniente! Hemos cometido un fallo imperdonable: los limpiadores del Rose Bowl; concretamente, los empleados del servicio de limpieza que, una vez vacío el estadio, se encargaron de asearlo y recoger los desperdicios. Pudo haber entre ellos un cómplice que se llevara la copa, depositada por el ladrón en algún lugar previamente acordado. Me refiero, en el supuesto de la opción C, que involucraría a Stevenson.

—Por cierto, ¿cómo ha estado en el interrogatorio?

—Confuso. Por eso necesito que se entere de quiénes limpiaron el palco.

—Ahora mismo pregunto cuál es la empresa concesionaria de la limpieza y hago las averiguaciones precisas.

—*Thank you.*

—*Good morning, sir.*

Martínez va hacia la pizarra de los sospechosos y con la tiza traza dos rayas paralelas debajo del nombre de Stevenson.

SEIS

Feliciano dio un salto en el sillón.

—¡Atiza! ¡Esto sí que es bueno!

Acababan de entregarle un fax de la Jefatura de Policía de Toledo, en el que le comunicaban que cumpliendo las órdenes recibidas, se había procedido a investigar en los principales talleres de orfebrería de la ciudad; un viejo artesano llamado Federico Giráldez declaró haber efectuado, a comienzos de año, una copia en metal dorado del trofeo, cuyas fotografías, enviadas desde el Ministerio, le fueron exhibidas.

—¡Se lo voy a restregar por las narices al americano! ¡Para que no vuelva a poner en tela de juicio la eficacia de nuestros servicios de información!

Llamó en seguida por el teléfono directo al biministro, que se alegró muchísimo, pero que en aquel momento tenía cosas más importantes en qué ocuparse: acababa de descubrir (leyendo la prensa del día, como puede suponerse) otro caso de corrupción, esta vez en un Ayuntamiento socialista de La Mancha. Así que le felicitó sumariamente, sugiriéndole que se fuera sin más dilación a Toledo, para verificar *in situ* todos los detalles del colosal hallazgo.

Pensó Feliciano que a Juanita le haría ilusión acompañarle, ya que no conocía la imperial ciudad, y quedó con ella en pasar a recogerla; de este modo, además, el viaje le resultaría más entretenido. Apenas una hora tardaron en llegar y eso, a pesar de que perdieron diez minutos intentando persuadir a la pareja de la Guardia Civil de tráfico de que iban a 170 por tratarse de coche oficial, en viaje oficial, para asunto oficial muy urgente. Casi tenían convencidos a los agentes, cuando Juanita tuvo la malhadada idea de comentar:

—Además, la cosa afecta a su anterior director general, ese granuja de Luis Roldán...

Como, encima, cometió la estupidez de soltar una risita pícara, los guardias rompieron fulminantemente las negociaciones, solicitaron la documentación del coche y extendieron la pertinente multa, negándose en rotundo a cualquier diálogo.

Un policía nacional los acompañó hasta el taller de Federico, que estaba enfrente mismo del Alcázar. El orfebre era un vejete parlanchín y bastante sordo, a quien había que hablar, por consiguiente, a grandes voces. Recordaba perfectamente que, allá por enero, un señor de Madrid le había llevado varias fotos de aquel trofeo, que era algo así como una bola del mundo con pedestal, encargándole con mucho interés que le hiciese una copia exactamente igual, en metal dorado que pareciese oro y, sobre todo, con las mismas medidas.

—Eso fue lo más difícil, ¿saben ustedes? —explicaba el artesano—, pues no teníamos más referencia que las fotografías. Pero el señor regresó dos días después y me facilitó todos los datos, que por lo visto había conseguido en un libro extranjero.

—¿Y cómo se llamaba aquel señor?

—Eso no lo sé, porque me dejó un buen anticipo y luego, me pagó el resto al contado, de modo y manera que no necesité saber su nombre.

—¿Era calvo? —inquirió Feliciano.

—Más bien; o sea, no del todo, pero casi del todo, como aquel que dice. ¡Ah! Lo que sí me dijo es que era periodista deportivo. Entonces, hablamos un rato de fútbol, que a mí me gusta la mar, sobre todo ahora, con lo bien que anda el Toledo, que hasta estuvo a punto de subir a la primera división. ¡Si no llega a ser por aquel penalty que se tragó el árbitro...!

Ya se marchaban cuando Federico recordó otro dato:

—Aquel señor era un fenómeno en lo de saberse las alineaciones de los equipos, hasta de los más antiguos. Fíjese que yo también presumo de cultura en eso; pues me dejó planchado. En un santiamén me recitó el equipo nacional del 1-0 a Inglaterra, en Maracaná, y hasta los titulares y suplentes del Atlético Aviación, que fue campeón de liga en 1940. ¡Qué tiempos! —suspiró. Para aclarar—: Es que servidor, aunque me esté mal el decirlo, siempre ha sido colchonero...

Los acompañó hasta la misma calle. Juanita se detuvo a contemplar la mole plateresca del Alcázar.

—¿Qué es ese edificio? —preguntó al orfebre—. ¿El seminario?

—¡Por Dios, señora! —se escandalizó el vejete—. Es el Alcázar de Toledo. Aunque son ustedes muy jóvenes, habrán oído hablar del general Moscardó.

—Por supuesto —se ufanó Feliciano—. Un amigo mío vive en el 38 de esa calle.

Antes de regresar, y como ya eran cerca de las tres, almorzaron en Venta de Aires. Feliciano entendía bastante más de gastronomía que de historia de España, si bien con las limitaciones que en seguida se verán. Aunque sus conocimientos alcanzaban a saber que una de las especialidades de la cocina toledana son las perdices, de modo que las pidieron estofadas. Estaba Juanita glosando con entusiasmo su calidad cuando escucharon al señor de la mesa contigua, un señor, por cierto, con aspecto facha, que protestaba enérgicamente al camarero.

—¡Esta perdiz es de granja!

—Efectivamente, tiene usted toda la razón; pero son las que hay ahora. De las campestres apenas nos traen.

Confirmando la impresión que daba su aspecto atildado, el comensal le comentó a una señora muy bien vestida que le acompañaba:

—¡Estos socialistas del demonio se han cargado hasta nuestra cocina más tradicional!

Y ella respondía con gran descaro:

—Tienes razón, Blas. Con Franco, comíamos mejor.

El inspector Alcubilla, de la DGSE, había recibido, personalmente del señor ministro, la orden de localizar a un periodista, presumiblemente deportivo, más bien calvo y auténtico erudito en materia futbolística, que a comienzos de año encargó en el taller de Federico Giráldez, en Toledo, una réplica de la copa de la FIFA. Dos horas llevaba frente al ordenador, asustado por la cantidad de profesionales que aparecían en la pantalla.

Recogió el listado, clasificó los nombres por diarios, semanarios y revistas especializadas y encargó a varios subordinados que fuesen averiguando quiénes respondían a las características del hombre que buscaban. A las tres horas de intenso trabajo, quedaban descartados 89 periodistas deportivos: los que lucían tupidas cabelleras; algunos, incluso, melenas a lo hippy. Quedaban 16 calvos, entre los especialistas de Madrid y Barcelona (ya que, por razones de seguridad en la investigación, también se incluyó a éstos), sobre los que se solicitaron de las redacciones los pertinentes datos. A la vista de los mismos, se descartó a once; las fotografías de los cinco restantes estaban sobre la mesa de Feliciano, que las observaba atentamente, junto al inspector Alcubilla.

—De todos, el que más se parece a Roldán es éste... —indicó el policía.

—Pero es más viejo. Además, debemos descartar que el propio Roldán hiciese el encargo. De sus antecedentes resulta que no sabía una palabra de fútbol. Hay que suponer que enviaría a Toledo a una persona de su confianza; a lo mejor, ni siquiera era periodista.

—Pero tenía una gran cultura futbolística.

—Eso sí. Ya que usted se ha fijado en ése, ¿cómo se llama?

—Juan José Castillo. Ex director de *El mundo deportivo*.

—Que le localicen en Barcelona y le sonsaquen, con el debido disimulo, claro es. Sin que se dé cuenta de que se trata de un interrogatorio.

A la mañana siguiente llegaba un fax de la Jefatura de Policía de Barcelona: «Realizada la investigación que solicitó V. I. debemos informar que el señor Castillo es persona sin antecedentes policiales, de origen aragonés, afincado en Cataluña desde hace más de cuarenta años, muy estimado en los medios deportivos. Asistió en USA a los recientes campeonatos del mundo de fútbol, como enviado de la revista *Don Balón*. No creemos que se trate del interfecto (1). En la conversación mantenida, con pretexto encuesta sobre cultura deportiva, manifestó reiteradamente que quien más sabe de alineaciones de fútbol, presentes y pasadas, es un tal Manuel Sarmiento Birba, que fue subdirector del diario *As* de Madrid hasta su jubilación, hace unos tres años. Salúdole respetuosamente.»

—A ver, busque en el ordenador el apellido Sarmiento —ordenó Feliciano.

El inspector pulsó las teclas.

—No aparece. Ni tampoco por Birba.

—¿Cómo es posible? —De pronto, cayó—. ¡Claro! Aquí sólo se recogen los periodistas en activo y éste nos dicen que se jubiló. Pronto, una guía de teléfonos...

Dos horas más tarde, el veterano periodista declaraba ante el inspector Alcubilla.

—Efectivamente, encargué una reproducción de la copa de la FIFA en un taller de artesanía de Toledo, no recuerdo cuál era su nombre. Se la regalamos a don Pedro Escartín, en ocasión del homenaje que le tributó el fútbol español, a comienzos de este año. Ya sabe: don Pedro estuvo presente en todos los Mundiales, menos en

(1) *Sic* en el original. *(N. del a.)*

el primero y en este último, porque ya tiene más de noventa años y está muy mal de la vista.

—Pues nada más; muchas gracias y perdone la molestia.

Cuando ya se despedía, el inspector, que era de Padrón, como Cela y los pimientos picantes, se permitió rogarle:

—Oiga, usted que sabe tanto de fútbol, ¿podría decirme la alineación del Deportivo de La Coruña en su primera temporada en la primera división, allá por los 40?

—Con mucho gusto. Acuña, Pedrito, Portugués, Molaza, Bienzobas, Reboredo, Cuca, Guimeraes, Elicegui, Chacho y Chao. También jugaron Paquirri y Caballero.

Alcubilla se quedó con la boca abierta.

Y Feliciano, desolado, repetía una y otra vez:

—¡Mira que es mala pata! ¡Con lo que me hubiese gustado achantar al americano!

A finales de julio se celebra en Rebollar de la Mata la feria de Santa Faustina, patrona del pueblo; una fiesta que se remonta al siglo XVI y tan arraigada en los hábitos populares que, a pesar de su profundo trasfondo religioso, no fueron capaces de deteriorarla ni los gobiernos ateos de la Segunda República, ni estos socialistas de ahora, que solamente se intitulan aconfesionales porque eso suena mejor. Al mediodía se celebra una solemne misa, a la que asisten todos los vecinos, incluso los que ya no volverán por la iglesia hasta el siguiente año. Después hay toro embolado, consistente en un esmirriado becerro al que los jóvenes de la localidad acosan, pinchan, patean y torturan, en un auténtico torneo de salvajismo, muy celebrado por el personal. Terminada la exhibición, todos los vecinos varones se reúnen en el prado de San Simplicio, a la entrada de la localidad, en un almuerzo de confraternización pagado por el municipio y que suele acabar en bronca colectiva con algún sopapo suelto. Contemplado todo ello entre risotadas por las mujeres, que han servido la comida y se sienten vengadas de la discriminación por razón de sexo que, históricamente, vienen padeciendo.

Sin embargo, lo mejor del programa queda para la tarde. A las seis en punto, la santa es sacada en procesión desde la parroquia hasta la plaza, que a lo largo de los años ha ido llamándose de Cristo Rey, de la Reina Gobernadora María Cristina, de Pi y Margall, de Alfonso XIII, de Galán y García Hernández, del Caudillo y ahora, de Pablo Iglesias. Una vez allí, la imagen queda depositada en la puerta del Ayuntamiento, sobre una tarima o entablado donde también se colocan, apretujados por lo reducido del espacio, el alcalde, el párroco, el cabo de la Benemérita, el farmacéutico (juez de paz) y los concejales.

Y comienza el baile; la banda ejecuta, como primera y obligatoria pieza, el pasodoble *España cañí* y entre la general expectación, se cumplimenta la más antigua de las tradiciones de Rebollar de la Mata, conocida como «la invitación a la danza». Los mozos del reemplazo correspondiente a aquel año desfilan en fila india por delante de la imagen de santa Faustina, hacen una genuflexión y se dirigen a la Patrona con la frase ritual: «Concédeme este baile, santa, que en ti el pecado se espanta.» Según venerable tradición, el mozo a quien la santa responda mediante una inclinación de cabeza queda exento de ir a la mili.

Afirma el cronista de la villa, don Eleuterio Mínguez, que hasta finales de los años sesenta de este siglo, fue habitual que santa Faustina inclinase su cabeza, en gesto afirmativo, ante algún mozo; casualmente, el mozo solía ser hijo de un vecino pudiente que, también por mero azar, acababa de entregar un importante óbolo al párroco, de quien decían malas lenguas que tenía una especial habilidad para darle un suave empujoncito a la imagen, de modo que al desnivelarse producía la sensación de estar asintiendo a la petición. En todo caso, y últimamente, el milagroso beneficio de exoneración del servicio militar, tan codiciado en otros tiempos, ha dejado de importar a los quintos, que ahora lo eluden sin necesidad de acogerse a la pía tradición, por el sistema mucho más eficaz y seguro de declararse objetores de conciencia o insumisos. Sin embargo, «la invitación a la danza» continúa celebrándose todos los años, aunque desde hace lo menos quince, la Patrona no se ha manifestado en favor de ningún mozo.

Conviene aclarar ya, que si nos hemos referido con cierta extensión a la feria de Santa Faustina, trasladando este relato desde Los Ángeles de California a Rebollar de la Mata (Comunidad Autónoma de Madrid) no ha sido por capricho fútil, sino por la importante razón de que Feliciano Canillejas es hijo de aquel pueblo. E hijo predilecto, además, según consta en el libro de actas del Ayuntamiento, pues así fue nombrado en un pleno del Consistorio celebrado cuando él lo presidía como alcalde constitucional. Precisemos, en defensa de su integridad ética, que a la hora de celebrarse la votación a mano alzada, abandonó el salón de sesiones, para no coaccionar a sus ediles. Tan sólo votaron en contra los dos de la entonces Alianza Popular; los ocho restantes, todos del PSOE, secundaron unánimemente la propuesta.

Pero mucho ha cambiado desde 1982 el mapa político de Rebollar de la Mata y en las últimas elecciones municipales, los socialistas solamente consiguieron sacar un concejal —o más exactamente, una concejala—, mientras el PP e IU se repartían todos los demás. El alcalde es ahora Norberto Galíndez, un chaval de veintitantos años, ATS, soltero y con bigote a lo José María Aznar, su jefe, que ha tomado medidas tan atrabiliarias como suspender la licencia de construcción de un edificio de ocho pisos en el barrio viejo, que tanto hubiese adornado en aquella zona, llena de antiguas mansiones con escudos de piedra en las fachadas y grandes patios enlosados que no sirven para nada. Restituto Meléndez, el anterior alcalde del PSOE, tenía pensado (y bien pensado) aprovecharlos para aparcamientos; pero Norberto tampoco es partidario.

A pesar de los meses transcurridos, Feliciano no ha conseguido superar el disgusto que le produjo el negativo resultado de las elecciones en su pueblo. Considera una afrenta personal, un agravio en lo más íntimo, eso de que sus conciudadanos rechazaran tan masivamente la oferta socialista; y ha hecho poco menos que cuestión de amor propio recobrar su confianza política. Así que aprovecha la feria de Santa Faustina para pasar el fin de semana en Rebollar de la

Mata con los suyos; con los que, al menos, siempre lo habían sido y para cambiar impresiones con los compañeros de la Ejecutiva local y saber qué dicen las últimas encuestas y buscar los medios para recuperar el poder perdido.

Mientras está disparándose el gran castillo de fuegos artificiales, previsto en el programa oficial de las fiestas para las 24.45 horas, porque los programas oficiales suelen ampliar la duración de los días, sin duda para que se aproveche mejor la jarana, Feliciano se reúne con Restituto y con Obdulio y con Emeterio, sus tres hombres de confianza en el PSOE de Rebollar.

—La cosa está cada vez peor —reconoce, abatido, Restituto Meléndez—. Aquí ya no nos vota ni el párroco, que fíjate si era de los nuestros.

—Pues hemos de hacer una autocrítica, porque hay que encontrar las razones de esa desafección... —pide Feliciano.

—Mira, lo de Roldán ha sentado fatal; ya sabes que la gente le tiene ley a la Guardia Civil. Y no te digo el chanchullo de la Cruz Roja; acababa de celebrarse el día de la Banderita y todo el mundo se había sacudido a gusto el bolsillo, pensando en Ruanda y todo eso. Se armó un cirio de los gordos, porque el veterinario, que ahora es concejal por Izquierda Unida, pretendía que se devolvieran los donativos. Hasta llamó a un abogado de Madrid, a un tal Nacho.

—Les habréis explicado que Felipe personalmente encabeza la lucha contra la corrupción.

—De Felipe no se les puede ni hablar; es como mentarles la bicha.

—¿Y los viejos? La primavera pasada se tiraron una semana en Benidorm, a costa del INSERSO, ¿no es así?

—Son los únicos que parecen seguirnos fieles, aunque yo no me fío de algunos. Además, piensa que cada vez hay menos; en los últimos meses se nos han muerto siete.

—Son votos a amortizar —comenta Emeterio, que es muy redicho.

—Lo cual, que hasta nos hacen el vacío —explica Obdulio—, y puedo decirte que cada vez tengo menos clientela en mi supermercado, pues la gente prefiere comprar en el colmado de Leoncio, el ex jefe local del Movimiento.

—¡Pero Leoncio se había apuntado al PSOE, allá por el 78!

—Se ha dado de baja. Es un tránsfuga.

—Encima, el Norberto no para de hacer demagogia. Fíjate que, desde que está de alcalde, ha bajado la tasa de basuras y no cobra comisiones a los que hacen obras para el Ayuntamiento.

—¡Qué indecencia!

—Y por si algo faltara, ha derogado aquella ordenanza mía sobre las lápidas, que tanto elogiaron los intelectuales del partido cuando la dicté... —lamenta Restituto.

Fue, ciertamente, una medida llena de intención social y con positivas consecuencias estéticas, además. Para evitar que las diferencias de clases se manifestasen incluso post mórtem, el Ayuntamiento socialista había acordado en 1986 que todas las lápidas de los nichos del cementerio de Rebollar fuesen iguales, reproduciendo un modelo único diseñado por el propio Restituto. Se prohibían asimismo los adornos y esculturas en los mausoleos, en los que tan sólo podría figurar una lápida, de mayor tamaño que la de los nichos, también sobre modelo oficial. Con ello se evitaría la prepotencia póstuma de los ricos, para satisfacción de los deudos de los asalariados humildes, que ya no tendrían que avergonzarse el día de Todos los Santos ante la diferencia de imagen que recibían unos y otros difuntos, en su morada definitiva.

En el tablón de anuncios del Ayuntamiento se exhibieron los dibujos de los dos modelos de lápidas, verdaderamente hermosos en su sencillez. El mismo día, un decreto municipal concedía la exclusiva de fabricación y venta de las lápidas a la recién constituida sociedad El ciprés, S. L., de la que era administrador único el yerno del alcalde. Otro decreto establecía que las lápidas necesariamente debían estar fabricadas en granito de las canteras de Reajo del Pino, propiedad de Narciso Meléndez, el hermano del alcalde.

—Francamente, Feliciano —resumió Emeterio—: el horizonte se presenta muy nublado...

Estaban todos meditabundos, bebiendo en silencio sus vinos, cuando llegó Margarita, la concejala.

—Perdonad el retraso, pero no he querido faltar a los fuegos artificiales, para que al menos el partido estuviera representado en la clausura de las fiestas.

—Has hecho muy bien —elogió Feliciano.

—Pues estábamos explicándole aquí, al compañero, cómo andan las cosas en Rebollar últimamente.

—Muy mal —confirmó la concejala.

Y se sirvió una cerveza. Era una muchacha veinteañera, bastante agraciada, con largas melenas rubias y mucha combatividad en la mirada de sus ojos azules.

—Yo no puedo hacer nada en el Ayuntamiento —reconoció—. En cuanto abro la boca, los demás se me echan encima. Sobre todo, los de Anguita, que son los peores.

—¡Marxistas de mierda! —refunfuñó Obdulio.

—En el último pleno, les propuse traer para las fiestas a Gila y a Ramoncín, que sólo cobrarían el gasto de la gasolina, porque nosotros les pagaríamos por fuera, y se pusieron hechos unas fieras. No veáis lo que dijeron de los dos.

—No respetan ni a los intelectuales... —se indignó Emeterio.

—Por el local del partido apenas vienen ya mujeres, a pesar de que regalamos condones y bocadillos de chorizo. Las únicas que siguen fieles son la Engracia, Carmela y Jerónima.

—¿Qué tal les va? —se interesó Feliciano.

—Regular. La gente está muy asustada con lo del sida y cada vez tienen menos clientela.

—Hay otro dato —explicó Emeterio—. El personal ha dejado de ver los telediarios de la 1 y de la 2, que son los fetén. Con el invento del zapping, cambia de canal el cuanto empiezan.

—En cambio, muchos se acuestan a las tantas, con tal de oír a Carrascal.

—¡Ah! También es significativo que se haya disuelto la Peña Koeman, que nos era tan adicta. Dicen que, como represalia por la colaboración de Pujol con Felipe, han abandonado la devoción azulgrana. Unos disidentes, incluso, han creado la Peña El Buitre, marcadamente madridista.

Volvieron a quedar en silencio. Hasta que Feliciano se puso en pie.

—Bueno, yo tengo que marcharme a Madrid.

—¿Es que no te quedas a dormir en el pueblo?

—Imposible. Tengo gente citada a primera hora.

Al darle el abrazo de despedida, Restituto le dijo, con cierto aire de misterio y procurando que los demás no le oyesen:

—A lo mejor, dentro de unos días te damos una buena noticia.

—A ver si es verdad, que falta hace.

—Tenemos un plan para acabar con la imagen de este Ayuntamiento. Si sale bien, ésta —por Margarita— pedirá en seguida la moción de censura.

—Pues en vosotros confío...

Pero falló. Fue una pena, porque la idea resultaba excelente. Una de las cosas que venían comentándose en los periódicos últimamente (en los periódicos no adictos, por supuesto, que algunos quedan) era que los incendios forestales estaban produciéndose mayormente en aquellas comunidades y municipios con gobierno socialista. Incluso se ponía el ejemplo de Galicia, pretendiendo que gracias a Fraga se redujeron grandemente; como si no fuera una mera casualidad. Por otra parte, sabios ecologistas ya habían explicado que la culpa de tanto siniestro la tenía el anterior régimen. Pues durante el franquismo se empeñaron en repoblar muchas hectáreas yermas y lo hicieron no con pinos autóctonos, sino con especies arbóreas mucho más inflamables (2).

Así que Restituto y Obdulio concibieron un astuto proyecto, llevado tan en secreto, que ni sus otros compañeros de la Ejecutiva tuvieron

(2) Esto se ha publicado, en serio, en la prensa. *(N. del a.)*

noticia de él. Se trataba de prenderle fuego al bosquecillo de la Pañosa, cinco o seis hectáreas cercanas al pueblo, propiedad de la mujer de aquél, donde los árboles estaban rodeados por unos eriales, con lo que no había riesgo de propagación de las llamas. Sería un golpe muy duro para el Ayuntamiento de Norberto, que tanto presumía de preservar el ambiente y la naturaleza; tenían prevista, por supuesto, una inmediata y feroz campaña en contra del municipio, trayendo incluso oradores de Madrid.

Lo que no sabían los aspirantes a pirómanos era que se había levantado una torre de vigilancia en el centro del bosquecillo, que una pareja de la Guardia Civil patrullaba de continuo por los alrededores y que varios parados del pueblo estaban empleados ahora como vigilantes, con un jeep a su servicio. Así que cuando se acercaron al lugar elegido, con la pretensión de soltar dos conejos con trapos empapados de gasolina y encendidos alrededor del cuerpo, comprendieron en seguida que la tentativa estaba condenada al fracaso. Y que lo más normal sería que los detuvieran *in fraganti*.

Tuvieron que volverse al pueblo, mohínos, acongojados y doblemente afectados por su fracaso. Pues, como se lamentaba Restituto:

—Ya tenía quien me compraba, a buen precio, la leña quemada.

Y Obdulio, por su parte:

—A ver qué hacemos ahora con la inmobiliaria que habíamos constituido, para edificar en el solar resultante cincuenta chalets adosados...

Para consolarse, se comieron los conejos al ajillo.

SEVEN

El avión volaba a nueve mil metros de altura y 600 kilómetros por hora, en dirección a Río de Janeiro. Arrellanados en sus butacones de primera clase, el teniente Callaghan y el detective Martínez repasaban sendos dossiers.

—¿Qué le parece la lista de malhechores recientes que nos han enviado desde Madrid?

—Absolutamente desconcertante. El director general de la Guardia Civil, la presidenta de la Cruz Roja, el gobernador del Banco de España, la directora del Boletín Oficial, un hermano del ex vicepresidente del Gobierno... Parece inverosímil.

—Lo que no se entiende es que la oposición de aquel país no se movilice en el Parlamento, que el Tribunal Supremo tampoco intervenga, que el presidente siga en su sitio...

—Usted juzga con criterios norteamericanos, es decir, democráticos. Pero como suele decir el agente Collison, *Spain is different*...

—Y tan *different*. Bien, al menos parece que se han tomado muy en serio la búsqueda de Roldán. Doscientos cinco agentes están empeñados en ella; ya se han gastado más de millón y medio de dólares en la operación.

—Se ve que el Estado español es rico; nosotros no podríamos permitirnos semejante dispendio.

—La ficha de la Interpol resulta muy completa; por cierto que en ella se dice que es confidencial, para uso exclusivo de la policía, y no obstante, la han publicado en la prensa española.

—Será en prueba de reconocimiento a los medios informativos; tenga en cuenta que el Gobierno español se enteró de los enjuagues de este individuo gracias a los periódicos.

—Eso también resulta curioso. Muy curioso —sonrió Callaghan.

Por la megafonía indicaron que los pasajeros debían colocarse los cinturones, porque comenzaba la maniobra de descenso.

—En el aeropuerto está esperándonos el inspector Souza Corvinho, de la policía brasileña. Es persona muy competente, que en distintas ocasiones ha colaborado eficazmente con el FBI.

—Imagino que la idea de revisar casa por casa el equipaje de los componentes de la delegación futbolística, a su regreso al Brasil, sería suya.

—En efecto. Con el pretexto de posibles infracciones aduaneras, la policía registró los domicilios de todos los jugadores, federativos y demás personas que estuvieron en el Mundial. Sin el menor resultado, en lo que a la copa se refiere.

Jonathan B. Martínez guardó el dossier en su maletín, para sacar del bolsillo de la chaqueta —la de hoy es blanca, con una hermosa mancha de café en la solapa derecha— una cuartilla, en la que tenía resumidas sus cuatro conocidas opciones.

—Necesitamos aclarar en Río todo lo referente a las posibilidades B y C. Hemos descartado de la primera de ellas al chófer de la furgoneta que trasladó la copa desde el Ritz Carlton al Rose Bowl...

—Provisionalmente —precisó Callaghan.

—Sigue bajo vigilancia, pero no me parece sospechoso. En cuanto a los dos policías que iban en el coche, uno junto al conductor y otro detrás, en principio tampoco deben serlo. A las trabajadoras de la limpieza parece asimismo correcto descartarlas; hasta el lunes no asearon el palco. Habíamos olvidado las normas del Sindicato. ¿Cómo se llama el empleado de la FIFA que llevó materialmente la copa entre sus manos?

—Armando dos Santos. Persona de máxima confianza en el organismo futbolístico, donde lleva trabajando desde 1972. Antes estuvo empleado veinte años en la Confederación Brasileña de Fútbol. A partir de los campeonatos de 1974, ha sido el encargado de custodiar la copa en todos los desplazamientos.

—Por lo que respecta a la opción C, el número de presuntos implicados es muy grande. El palco presidencial estaba a reventar de gente.

—Todos eran personalidades de la política o del deporte.

—Lo que no supone que para mí, de momento, no sean también todos sospechosos —enfatizó el detective, mientras el avión se posaba suavemente en la pista, en un aterrizaje perfecto que mereció los aplausos de un grupo de franceses horteras que viajaban en clase turista.

El inspector Souza Corvinho es bajo y gordo, locuaz y simpático, negro de raza, listo y con gran experiencia en el oficio. Casi tan aficionado al fútbol como a las *caipirinhas*, que bebe una tras otra, sin que, por las trazas, semejante consumo afecte para nada su capacidad de deducción, que también es mucha.

—Aunque ustedes no nos indicaron nada al respecto —les dice a los americanos, con una sonrisita malévola—, investigamos el posible origen de la copa falsificada. Desgraciadamente, los expertos no han podido concretar el país donde fue tallada; quizá Francia, quizá Inglaterra, quizá aquí mismo, en Brasil. Dicen que las técnicas son muy similares en todas partes.

—¿Consiguieron identificar al tipo de la bolsa alrededor del cuello que da la vuelta al estadio junto a los jugadores?

—¡Oh, señor, lo siento muchísimo! Preguntamos uno por uno a nuestros campeones —los llamará siempre así, con patriótico orgullo— y ninguno le ha reconocido. Tampoco Parreira ni los masajistas ni las varias personas que formaban el grupo, los utilleros de la selección y un conocido periodista deportivo.

Martínez saca la pipa y la bolsita del tabaco.

—¿Se puede fumar aquí? —pregunta.

—Naturalmente, señor. Éste es un país muy libre, no como otros —responde Souza, de nuevo con segundas.

El detective rellena la cazoleta, hunde en ella el tabaco con su habitual dedo índice y, tras encenderlo con ritual solemnidad, le dice a Callaghan:

—Esto nos obliga a reforzar la opción D, aunque a usted le parezca insostenible. —Y a Souza—: Me gustaría conocer su opinión, inspector. Ya sabe lo mucho que aprecio su perspicacia, su olfato de buen policía.

—Obligado, mister Martínez. Lo mismo le digo. Pero si les parece, ahora podríamos ir a cenar; son casi las diez.

Lo hacen en un restaurante de la playa de Ipanema, rebosante de gentío. Bellezas de ébano, que decían los novelistas galantes de los años veinte, corren, saltan, ríen y juguetean sobre la arena; varios turistas muy rubios, con las carnes enrojecidas, despellejadas por el sol, hacen corro alrededor de un negro viejo, de blanca barba y mirada mustia, que arrodillado junto a una macumba, deja caer ceremoniosamente chorros de ron sobre la imagen descolorida que remata el pequeño catafalco. Una luna blanquísima siluetea el perfil del Pan de Azúcar y el estruendo de músicas y de cánticos lo llena todo.

Souza Corvinho ha coincidido con sus colegas norteamericanos en lo escabroso del caso, si bien aportando una nueva opción a las cuatro de Martínez: conocido el fervor futbolístico de sus paisanos cariocas, para quienes la *Taça* supone la máxima aspiración, el logro más glorioso que pueden ambicionar en esta vida, hay que admitir la posibilidad de que el ladrón sea un *hincha* apasionado, un patriota que quiera conservar para sí mismo y nada más que para sí mismo el símbolo de la supremacía futbolística del Brasil.

—Sin embargo —objeta Callaghan—, eso justificaría el robo, pero no la suplantación.

—Efectivamente —coincide Martínez—, no

parece lógico que el desconocido «hincha» planease dar el cambiazo y se hiciera con una réplica de la copa antes de tener la certeza de que su equipo iba a ser campeón.

—¡Oh, mi querido mister Martínez, la fe de la torcida es infinita! —sonríe Souza—. Aunque convengo con ustedes en que mi tesis, que, desde luego, justificaría con creces el robo, no encaja con la suplantación.

Con la natural indignación del brasileño, sus colegas piden café americano; Callaghan consulta unas notas.

—Hemos preparado una lista con las diversas gestiones que desearíamos hacer en Río y con las personas que quisiéramos entrevistar. Véala...

Souza se cala unos lentes de cristales ovales y pequeños, con montura de alambre.

—Ningún problema; el único que en estos momentos está fuera del país es mister Havelange.

—Ya lo suponíamos; en realidad, es quien menos nos interesa.

—Por el momento —precisa Martínez.

—Naturalmente, y de ser posible, quisiéramos terminar pronto la investigación; hemos de regresar cuanto antes.

—A ver... —Souza repasa otra vez la lista—. Creo que a éste, Armando dos Santos, podremos verle esta misma noche.

—Estupendo —celebra el detective—. Me interesa mucho conocer su versión.

—Es un gran tipo, amigo mío desde hace años. —Hace un gesto muy explícito al camarero, para que apunte la cuenta y se levanta—. Seguro que le encontraremos ahora en la Escuela de Samba. Podemos ir a pie; está aquí detrás...

Apenas diez minutos de paseo, durante los que Souza Corvinho informa a los norteamericanos:

—Dos Santos ha trabajado siempre para el fútbol; incluso llegó a jugar siendo muy joven, pero una lesión de rodilla le dejó inútil. Fue una lástima: prometía bastante. Le emplearon en la Confederación...

—Todo eso ya lo sabemos —interrumpe Callaghan con cierta impertinencia—. El FBI nos facilitó una ficha muy completa, como todas las suyas.

—Claro, claro; la perfecta organización del FBI. —En el comentario del brasileño hay una evidente ironía—. Entonces, sabrán también lo de Aurora.

Martínez y Callaghan se miran confusos.

—Pues no lo sabemos —reconoce el teniente.

—¡Qué raro! ¿Cómo es posible que no figure en la ficha del FBI, siempre tan completa?

Martínez y Callaghan se tragan el sarcasmo.

—Es una hermosa historia de amor —explica Souza—. Dos Santos sigue soltero, a sus casi setenta años; por supuesto, en su vida hubo algunas mujeres, bastantes mujeres, pero, como él decía siempre, logró salir ileso en todas las ocasiones. Hasta que ahora, ya ven, cuando va a jubilarse, porque se jubilará dentro de tres meses, le han atrapado.

—Suele ocurrir.

—Sí, sobre todo en estos tiempos. En fin; se trata de una jovencita de la Escuela de Samba que podría ser su nieta, ya que tiene poco más de veinte años.

—¡Qué barbaridad! —se escandaliza Callaghan.

—Según se mire; piensen en Picasso, en Rubinstein, en Chaplin, en Andrés Segovia, en Papandreu. Habían vivido intensamente; pero sólo fueron felices en el amor cuando pasaban de los sesenta años. Y esa felicidad se la proporcionaron mujeres mucho más jóvenes que ellos.

—Cierto —reconoce el inspector—. Pero ha citado a auténticos genios.

—Dos Santos también lo es; a su manera, obviamente.

Entran en la Escuela de Samba por la puerta de artistas; Souza les dirige por un estrecho pasillo hasta el despacho de la directora, donde no hay nadie. Se ausenta un momento y a poco regresa acompañado por un hombre de mediana estatura, de complexión recia, vestido con una blusa granate; de su cuello pende un largo collar, con varios amuletos engarzados.

—Les presento al señor Dos Santos...

Estrechan su mano.

—Mi amigo Souza acaba de decirme que tienen que hacerme algunas preguntas a propósito del robo de la *Taça*.

—Así es; su ayuda puede sernos muy importante.

—Estoy a su disposición; pero les rogaría que aguardasen unos minutos. Aurora está terminando su número y debo advertirle que me marcho. Porque charlaremos mejor en mi casa, ¿no les parece?

Aurora es una muchacha espigada, de pechos opulentos, caderas macizas y delgado talle, con un rostro atezado y anodino, en el que sólo destacan los labios gruesos, voluptuosos, incitantes. Hace un mohín de disgusto cuando Dos Santos le indica que tiene que ausentarse, pero él la tranquiliza con unos mimos, asegurándole que regresará antes de que termine el espectáculo.

—Porque supongo que no tardaremos más de una hora... —inquiere.

—Por supuesto que no.

El piso de Armando dos Santos es antiguo; antiguo y grande, con tres habitaciones, además de la cocina y los servicios.

—Por eso me he decidido a llenarlo, pues, para mí solo se me estaba cayendo encima... —explica espontáneamente.

—Ya nos ha dicho Souza que va a casarse. Enhorabuena. —Por una vez, Martínez se siente afable y cortés.

—Gracias. Es una chica estupenda; muy mujer, a pesar de su edad. Caprichosa, desde luego; pero con mi jubilación, me quedará tiempo de sobra para atender sus ocurrencias.

El teniente Callaghan pone un gesto extraño, como insinuando que quizá algunos antojos de la chica vayan a resultar excesivos para la capacidad de respuesta del sesentón; éste, por fortuna, no se da cuenta. Y contesta, pausadamente, con gran claridad, a todas las preguntas del detective. Recogió la copa en el Ritz Carlton directamente de la caja fuerte donde había estado guardada desde la noche anterior, después de haberla exhibido durante la recepción; escoltado por dos policías, subió a la furgoneta; uno de los guardias se sentó a su lado y el otro delante, junto al chófer. No se produjo ninguna incidencia durante el trayecto hasta el estadio; una vez llegaron al Rose Bowl, el propio mister Havelange la recibió, entregándola después a un agente federal. Sí; en todo este tiempo, la *Taça* iba dentro del estuche acolchado donde, normalmente, se guarda. El propio presidente la sacó de allí cuando, durante el descanso, la colocó en el palco, sobre la guateada repisa de su asiento, manteniéndola siempre sujeta entre sus manos.

—¿Hasta entonces había estado dentro del estuche?

—Desde luego.

—Tome nota, Callaghan. El policía Stevenson dijo lo contrario.

Dos Santos, terminada su declaración, ofrece una copa a sus visitantes, pero éstos la rechazan, pensando en la inquietud de Aurora y para no demorar el regreso de su amado. Sin embargo, no pueden evitar que les muestre, muy ufano, el que llama su museo futbolístico: una habitación con las paredes repletas de fotografías, carteles y banderines, recuerdo de los seis últimos Mundiales.

—Estuve en todos ellos, como empleado de la FIFA, y en todos ellos tuve a mi cargo el traslado de la copa. Miren esto: dedicado por *O Rei*.

Es una estatuilla de Pelé.

—Y aquí, Garrincha. ¡Qué lástima de muchacho...! Las medallas son copia exacta de las ganadas por nuestros campeones, en sus cuatro Mundiales victoriosos. Aunque no de oro, por supuesto.

Hay en una esquina de la habitación un pequeño armario adosado, en madera oscura, algo así como un aparador, con las puertas de cristal. Dos Santos saca un manojo de llaves del bolsillo, abre la cerradura y separa las puertas.

—Mi reliquia predilecta —presume muy ufano—. Copia de la última que ganamos; antes de la de Los Ángeles, naturalmente. Tampoco es de oro, obviamente.

Es, en efecto, una fiel reproducción de la Copa del Mundo. Dos Santos la mira con arrobo unos segundos; vuelve a cerrar las puertas con llave, al tiempo que el detective Martínez pregunta:

—¿Dónde hicieron el duplicado?

—En un taller de São Paulo; fue un regalo personal del señor secretario de la FIFA, cuando ganamos el tercer mundial.

—Habrá que investigar en ese taller —dice Callaghan.

—Desgraciadamente, no les será posible. El orfebre, un viejo emigrante francés, murió hace años. El taller se cerró. —Y Souza recuerda, con retintín—: Les expliqué que ya habíamos hecho esa investigación...

Salen juntos y juntos suben al Mercedes blanco de Souza Corvinho. Primero dejan a Dos Santos en la Escuela de Samba.

—Estoy a su disposición para cuanto deseen —les brinda, al despedirse—. Para todos nosotros ha sido un gran disgusto el *affaire* de la *Taça*; me consta la preocupación del señor Havelange.

—Gracias por su colaboración. —Martínez vuelve a ponerse fino—. Y enhorabuena por esa novia tan guapa...

—Es un encanto de mujer; tan cariñosa y servicial como bella. Nos casaremos en otoño; por supuesto, están ustedes invitados.

—Agradecidos; pero dudo que podamos asistir.

—Bueno, bueno —tercia Souza—. Vamos a quedar en una cosa: si para entonces ha aparecido la copa, se comprometen a venir para celebrarlo.

—No es mala idea —reconoce el detective—. Confiemos en que así sea...

Camino del hotel, Callaghan comenta:

—Efectivamente, su amigo Dos Santos me ha caído muy bien.

—Ya se lo advertí. Aunque ahora me tiene preocupado; aparte bromas y precedentes ilustres, esa boda puede resultar letal.

—¡Hombre, tampoco hay que exagerar!

—Está alelado con la chica; y ella, que es muy lista, le tiene totalmente dominado. Imagínense que le ha convencido para que venda ese magnífico museo futbolístico que nos ha enseñado, porque dice que le suena a rancio. Se lo va a comprar la Confederación, que está dispuesta a pagarle un buen dinero. Lo que ella busca, naturalmente.

—Es una pena; tiene un gran valor sentimental.

—Dos Santos se quedará solamente con la figurita dedicada de Pelé y con la reproducción de la copa.

En la recepción del hotel les dieron un recado urgente: tenían que llamar inmediatamente a Los Ángeles. Lo hizo Martínez; las noticias eran interesantes. El policía Stevenson había salido el sábado por la tarde de su apartamento, llevando un maletín y un paquete del tamaño de una caja de zapatos. Dejó su coche en el garaje y en un taxi se dirigió al hotel Marine Pacific, en Venice, donde tenía reservada una habitación, la 316, a nombre de Thomas Wallace. No salió en toda la tarde ni tampoco por la noche; pidió que le subiesen la cena al cuarto. Al día siguiente, domingo, abonó la cuenta en metálico y en un taxi regresó a su domicilio. Llevaba el mismo maletín que el sábado, pero no el paquete.

—Tuvo que estar con alguien. ¿No han podido enterarse?

—No, señor. El conserje del hotel debe estar comprado, porque no facilitó en absoluto nuestra investigación. Se acoge al secreto profesional y dice que solamente un juez puede interrogarle.

—¿No han podido siquiera conocer la lista de huéspedes de ese día?

—Eso, sí; pero tenemos la sensación de que algunos nombres son supuestos, como el que usó Stevenson. En la habitación contigua a la suya aparecen un tal mister Fergunson y esposa. Imposible localizarlos.

—Bien, no pierdan de vista a Stevenson. Lo del paquete puede ser muy importante; ¿han preguntado al botones del hotel?

—Por supuesto. Le acompañó a la habitación en el ascensor, llevando el maletín; Stevenson no soltó el paquete de su mano. Le dio un dólar de propina.

—Vaya, por lo menos no derrocha. ¿Algo más?

—Ha llegado un fax de Madrid, pero no de mister Canillejas, sino de un señor desconocido que dice tener montada una Comisión de Investigación contra las corrupciones, de carácter privado y que puede facilitarnos datos inéditos sobre Roldán y sobre otras personas que considera sospechosas, aunque hasta ahora no se habló de ellas. Concretamente, da dos nombres. A ver... Aquí están. Miguel Boyer y su esposa, Isabel Preysler. Según el comunicado, ambos están implicados en todos los negocios sucios, mantienen conexiones en Suiza y en América y podrían tener que ver con el robo de la copa.

—Todo eso es muy poco de fiar. ¿Cómo se llama el extraño comunicante?

—Un momento... Sí, se lee perfectamente: José María Ruiz Mateos.

OCHO

El palacio de la Moncloa es una de las muchas cosas que en España, y gracias al Gobierno socialista, han salido de su anterior mediocridad burguesa alcanzando por fin cotas europeas, como suele decirse para significar que algo es ya de gran categoría. (V. gr., los niveles de drogadicción y del sida o los índices mínimos de natalidad.) Durante los ominosos tiempos de la dictadura, el edificio fue reconstruido, ya que allí mismo había estado el frente de batalla, cuando la guerra civil; pero se hizo como todo entonces, con cuatro perras, de mala manera y sin contar con la voluntad del pueblo español. El anterior jefe del Estado decidió destinarlo a residencia de los altos dignatarios extranjeros que le visitaban, que no eran muchos. Por lo cual el palacio, prácticamente abandonado, se utilizaba habitualmente por los moros de la escolta del dictador, para celebrar sus orgías con las camaradas de la sección femenina. Y los fines de semana lo ocupaban, por orden alfabético y en plan picnic, las principales familias del régimen, todas prolíficas, como es notorio, pues su incultura sexual y los viejos tabúes les hacían desconocer la utilidad de los preservativos (1).

Consumada la pacífica transición y gobernando el país la UCD, don Adolfo Suárez decidió trasladar a la Moncloa la presidencia del Gobierno, que hasta entonces seguía ocupando el vetusto palacete de Castellana, 3, como en tiempos de Carrero Blanco. Semejante ubicación, en un local decrépito, falto de las más elementales comodidades, con goteras pero sin duchas, sólo tenía sentido en aquel Estado tiránico, regido por ministros déspotas y sin mentalidad democrática, que no se gastaban un duro en su bienestar propio, sin duda convencidos de la flagrante ilegalidad de sus cargos, detentados sin la aquiescencia libremente expresada de los ciudadanos.

Pero el presidente Suárez tampoco tenía demasiado claras sus ideas sobre las exigencias del poder legítimamente ejercido ni comprendía, quizá por su origen político espurio, que un jefe de Gobierno, en un Estado democrático como el nuestro, donde toda libertad tiene su asiento, debe rodearse de los fastos, pompas, boatos y suntuosidades que exige un cargo desde el que va a estar ofreciendo de continuo eso mismo a sus electores. Y que éstos sólo se lo creerán si se miran en su ejemplo. Don Adolfo, timorato en el gasto, absurdamente respetuoso con los presupuestos generales del Estado, se limitó a hacer unas chapuzas en el palacio de la Moncloa, adecentándolo someramente y disponiendo allí su propia vivienda, con ridícula moderación.

(1) Versión presunta del muy presunto historiador Paul Preston.

Cuando, en octubre de 1982, España se alineó, por fin, con los países más civilizados y el PSOE llegó al poder, aupado por doce millones de inteligentes votos, y Felipe González asumió la presidencia del Gobierno de la nación, llegó el momento de convertir la Moncloa en lo que debía ser: el fiel reflejo de un país en auge, ilusionado, dichoso, identificado con sus gobernantes, rico y pujante, sin problemas sociales ni angustias económicas ni querellas internas ni desigualdad de clases ni asechanzas terroristas. Un Estado de Derecho ejemplar, en definitiva, garante de la más ejemplar de las democracias.

Para conseguirlo, los bulldozer, las hormigoneras, los aparejadores, los albañiles, los marmolistas, los fontaneros ocuparon los terrenos de la Moncloa, entregándose a una febril actividad reformadora, en natural correlación con la que el nuevo gabinete del señor González comenzaba también a desarrollar en el ámbito legislativo. Se amplió el recinto presidencial con los terrenos y edificios que habían pertenecido al Ministerio de Agricultura y en éstos se instalaron las salas para el Consejo de Ministros y conferencias de prensa, así como los despachos del presidente y vicepresidente y el gabinete presidencial. Fue reformada de arriba abajo toda la zona del palacio destinada a vivienda particular de don Felipe y su familia, adecuándola a sus gustos personales, como era natural. Con especial mimo atendió aquél la construcción de lo que sería su lugar más íntimo, más recoleto y más querido: la «bodeguiya», sesenta metros cuadrados de planta, decorados al estilo andaluz (muestra de la sensibilidad del presidente y de su arraigo a la patria chica), con zócalos de azulejos y alegres farolillos. Allí pensaba reunirse con sus amigos y seres queridos, al margen de todo protocolo, en los momentos, por desgracia, escasos, en que se lo permitiera su agotadora agenda de trabajo.

Como la inteligencia excepcional del señor González contempla no sólo las necesidades del presente, sino también las contingencias futuras, decidió asimismo construir un gigantesco sótano, que la prensa canallesca ha calificado como refugio antiatómico, aunque fuentes oficiales aseguran que se trata sencillamente de un amplio aparcamiento. En todo caso, se removieron 75 000 metros cúbicos de tierra, excavándose a más de 30 metros de profundidad, siempre bajo la vigilancia constante de un circuito cerrado de televisión con las cámaras instaladas en tres torres metálicas. Muros de cemento y alambradas protegen el recinto de la Moncloa, además de tres compañías de la Policía Nacional.

Los aspectos ecológicos fueron tenidos, asimismo, muy en cuenta. Se repoblaron los jardines, se suprimió una calle de los alrededores, para convertirla en zona verde, y los suelos del parque se empedraron con cantos rodados, traídos de los ríos de Castilla. Y ni que decir tiene que, con singular cariño, el nuevo inquilino del palacio atendió la instalación de su preciosa colección de bonsais, en un recinto especial, junto al invernadero. Su joya más preciada es un bosque de *esterwaisas*, de valor incalculable.

Y ya que de valor hablamos: estas reformas del palacio de la Moncloa han supuesto una inversión superior a los seis mil millones de pesetas. Es decir, una minucia, una bagatela, una futilidad, una insignificancia.

Felipe está triste, ¿qué tendrá Felipe? No puede decirse que los suspiros se escapen de su boca, y menos exacto todavía sería idealizar, con Rubén, que su boca es de fresa: la tristeza de Felipe resulta íntima, interior y profunda. Aunque su creciente abatimiento se refleja inexorablemente en los aladares, cada vez más canos; y en las arrugas que se pliegan y repliegan en la antes tersa frente; y en las bolsas, que han crecido tanto debajo de los lagrimales que talegas más bien parecen; y en la opacidad de su mirada, que tan brillante fue; y en el medro de la nariz, en progresión ascendente.

Felipe, Felipe tiene, tiene una pena Felipe, y se le han puesto los ojos moraítos de martirio. Se dice si es por el Guerra, se dice que si es Roldán, pero la verdad del cuento, ¡ay, Señor de los tormentos!, la saben Felipe y Dios. (Con permiso de Rafael de León, que quizás no lo diera, porque era falangista y de la Vieja Guardia.) El todavía joven presidente del Gobierno (52 años cumplidos el 5 de marzo) ha perdido aquella simpatía, aquella capacidad de comunicación, aquella fragancia y aquel aura esperanzadora que justificaban que los hombres le aclamasen y las mujeres le pidieran un hijo. Motivos no le faltan; lo va pensando mientras pasea por los jardines de su palacio, sumido en abstrusas cogitaciones. Son las cinco de la tarde, hora lorquianamente taurina; dentro de poco comenzarán a llegar los más fieles compañeros del Gobierno y de la Ejecutiva, con quienes tiene que profundizar, una vez más, en las razones del desastre de las elecciones europeas y, más aún, en el de las andaluzas. ¿Quién podía imaginarlo unos años antes? ¿Cómo podía suponer él, ungido por el fervor de millones de españoles en los gloriosos comicios del 82, que su capitanía podría llegar a ponerse en entredicho? Se detiene unos instantes en su melancólico paseo y dirige una mirada entristecida al hermoso complejo de la Moncloa. Lo ideó, lo proyectó y lo realizó, naturalmente, con el convencimiento de que su magistratura sería vitalicia. Y, sin embargo...

Enciende un Cohibas de los que todavía le regala Fidel Castro, su amigo. Uno de los pocos amigos demócratas que le van quedando por esos mundos; porque hay que ver las dolorosas decepciones que se ha llevado con la mayoría de sus antiguos camaradas. Hoenecker, Ceaucescu, Betino Craxi, Carlos Andrés Pérez, Gustavo Cisneros, Daniel Ortega, El Gadafi, Omar Torrijos... Todos, paladines de la democracia; con todos se abrazó, se retrató y se aconsejó; a muchos les concedió millones, en créditos blandísimos; a otros les permitió hacer pingües negocios en España. ¿Y qué fue de ellos? Algunos han muerto; los demás andan huidos o están en la cárcel. Pero unánimemente se dice de ellos que fueron unos sinvergüenzas, que esquilmaron a sus ciudadanos en beneficio propio. ¡Y él que tanto los admiraba! Evidentemente, es un ingenuo, un crédulo, un inocentón.

¿Pues qué decir de las traiciones padecidas en el seno de su propio partido, de las infidelidades de sus compañeros del alma? ¡Cómo han abusado de su bondad los hermanos del Guerra y Roldán y Mariano Rubio y De la Concha y Barrabés y Carmen Mestre y la Salanueva y Galeote y tantos y tantos en quienes siempre confió!

Sonríe amargamente, al recordar aquel consejo de Willy Brandt, que ése sí que era de fiar: no leas la prensa, que por principio, los periodistas (salvo aquellos que tenemos debidamente domesticados) son nuestros peores enemigos. Son curiosos, chinches, intrigantes, acusicas y puñeteros.

¡Si hubiese hecho caso de su sabio mentor! Porque, de no haber leído los periódicos, no habría tenido por qué enterarse de los enjuagues de Ibercorp y de Filesa y de los terrenos de San Sebastián de los Reyes y de la Cruz Roja y del BOE y de Viajes Ceres y de Banesto y del PSV y de la FSD y de Time Export y de... En fin; las lamentaciones no sirven ya para nada. Aunque lo que más le duele es que haya gentes capaces de creer que él, ejemplo de pureza y probidad, tenía la menor idea de cuanto se cocinaba en sus propias barbas. Habrá que recordarles lo que escribió Paco Umbral en *El País*: «... Esa honestidad de alfar fresco que Felipe ha metido en la vida española.»

Claro que aquello fue en 1982; ahora, Umbral es uno de los escritores que más duramente arremeten contra él, quien ha inventado lo del «socialfelipismo», que tanto daño está haciendo, porque los pérfidos de la oposición, especialmente el pelmazo de Anguita, lo repiten cada dos por tres, y las buenas gentes del PSOE, los crédulos de las bases, les hacen caso y se marchan a Izquierda Unida o se abstienen, convencidos de que ya no es socialista de verdad.

Abstraído en sus meditaciones, Felipe ha llegado, sin apenas darse cuenta, hasta la «bodeguiya». ¡Y pensar que Umbral, precisamente Umbral, era uno de los más asiduos a aquellas inolvidables veladas! Se ponía ciego de whisky, agotaba unos platos de jamón de pata negra y los deleitaba con su conversación, tan amena, y con sus anécdotas pícaras y con sus tristes recuerdos del franquismo. ¡Qué tiempos! Por allí pasaron los más ilustres representantes de la cultura democrática: Ramoncín y Ana Belén y José Luis Coll y Almodóvar y Sara Montiel y Gila y Cebrián y Sabina y un larguísimo etcétera.

Ahora ya no hay reuniones. Ni chatos de oloroso, ni tacos, ni palmas, ni cante, ni tantos amigos incondicionales. Tampoco hay doce millones de votos. Felipe cierra en su corazón el baúl de las nostalgias; da la vuelta y, a buen paso, regresa hacia el palacio. Apenas faltan diez minutos para que lleguen los compañeros elegidos por su fidelidad; deben encontrarle tranquilo, confiado, seguro de sí mismo; incluso optimista. Así será; las anfetaminas obran milagros. Aunque Pachi, su médico de cabecera, le recuerde siempre que están contraindicadas para la úlcera.

A Ramón Rubial le acarrean entre Benegas y Leguina, en plan sillita de la reina, hasta dejarle acomodado. Ramón Rubial es como una figura del museo de cera, una especie de venerable momia a quien los socialistas traen y llevan en sus congresos y en sus mítines, con la tranquilidad de que nunca abrirá la boca ni pedirá nada ni osará quejarse de nada. Ramón Rubial está ya en otro mundo, vaga por una lejana galaxia, en la que debe reunirse a tomar café y a hablar mal del Gobierno Romanones con Pablo Iglesias y Fernando de los Ríos. De cuando en cuando desciende a la tierra para presidir la Ejecutiva del

PSOE, sin enterarse de que allí ya no manda Indalecio Prieto, sino Felipe González, y por eso le trata y le considera como si fuera aquél. Percibe los naturales emolumentos y se vuelve a su embalsamamiento, hasta la próxima reunión.

Se han quedado todos en mangas de camisa, menos Narcís Serra, que le tiene fundada prevención al aire acondicionado. Felipe va directamente al grano:

—Compañeros, ser hoy de izquierdas es gobernar en un momento en el que tiene uno que optar entre inventar el futuro para que la derecha gobierne el presente o gobernar el presente para construir el futuro. Porque la sociedad pesa menos que el Estado y, en ese sentido, lógicamente, el golpe de Estado facilita el control de la sociedad; en cuanto la sociedad pesa más que el Estado, ese entramado social es más fuerte que el Estado, por lo que el Estado sirve a la sociedad. Y tened esto muy en cuenta: si dentro de un año, la situación es mejor, será porque ha comenzado a arreglarse; si no, la situación será mucho más difícil (2).

Hace una pausa. Alfonso Guerra esboza una risita de conejo; Benegas (Chiqui o Txiki, según dónde esté) dice que sí con la cabeza; Leguina, por el contrario, niega con la mano; Serra estornuda; Ramón Rubial duerme con semblante plácido; Belloch toma la palabra:

—Completamente de acuerdo.

—Faltaría más. Entonces, debemos concien-

(2) Aseguro, bajo palabra de honor, que estas frases fueron dichas efectivamente por don Felipe González Márquez. Respectivamente en *El País* (4-XII-88), en el libro de conversaciones con Márquez Reviriego *Un estilo ético* (p. 103) y en *ABC* (4-X-80).

ciarnos, fijaos bien, debemos concienciarnos y profundizar, profundizar sobre todo, en la problemática de la ética del partido, que es la problemática de la ética del Gobierno, ya que somos un partido porque formamos un Gobierno y formamos un Gobierno porque somos un partido.

—¡Bravo! —jalea Lerma al tiempo que aplaude.

—Tú, calla, que me han dicho que en tu tierra nos echan la culpa de los incendios forestales, total porque se han quemado doscientas mil hectáreas.

—Trescientas mil —se permite corregir el valenciano—. Pero no te preocupes; todo está bajo control. Lo que importa es que éste (por Solana) se mueva en Bruselas, para que los del Mercado Común dejen de dar la lata con *els trons de bac*.

—¿Y eso qué coño es? —pregunta el ministro de Asuntos Exteriores.

—Los petardos, hombre. Que nos los quieren prohibir; imagínate el drama.

Narcís Serra musita:

—*Aquests catalans del sur...*

Y Felipe impone orden:

—Bueno, dejémonos de chorradas. Lo que importa es eludir la disfuncionalidad en los parámetros de la acción de Gobierno, que debe ser acción, pero también de Gobierno; insisto, acción y de Gobierno, o sea, enmarcada en el contexto de un quehacer colectivo, que restablezca la confianza de las bases y nos ayude a recuperar el voto ausente, digo ausente y no perdido, fijaos en el matiz.

—Lo que pasa es que... bueno, si nos fiamos de las encuestas...

—¿De las de uso interno o de las que publicamos?

—No, no; de las buenas. Cada semana son peores.

—¿Cómo van a ser, si tú —por Belloch— no metes en cintura a la prensa goebbelsiana? ¿Es que el fiscal del Estado no puede encerrar en la cárcel a Pedro Jota?

—Ten en cuenta que ya no está Eligio…

—Ésa es otra. Se nos están desmandando los jueces. ¿No habíamos enterrado a Montesquieu?

Guerra se da por aludido; pero se limita a hacer un gesto ambiguo con las manos.

—Entonces, yo os digo, atended esto, yo os digo que necesitamos revocar la fachada del Partido Socialista Obrero Español, revocarla supone, fijaos bien, aderezarla, pintarla de colorines, porque la estructura será la misma, pero con distinto aspecto por fuera, que lo de fuera se cambia aunque el interior permanezca, pues la fachada no es todo el edificio, aunque lo que se ve por la fachada sea el edificio. —Felipe hace una pausa, que aprovecha para beber un vaso de agua mineral. Continúa—: ¡La corrupción! ¿Qué es la corrupción? También fachada; pues entonces, démosle una mano de pintura. Comenzando por dejar claro, enteraos ya de una vez, comenzando por dejar claro que yo nunca he tenido nada que ver en todo eso, que me considero la primera víctima de los escándalos, que he padecido deslealtades, traiciones y felonías, sí, felonías de aquellos en quienes más confiaba.

—El problema… —Solana tartamudea un poco, sin acabar de decidirse a terminar la frase.

—¿Qué quieres decir?

—Verás, con todos los respetos, el problema

es que, entonces, tú puedes quedar como un... como un...

—Como un gilipollas, dilo —acepta Felipe—. Pero entérate, entérate de que en este país, los tontos siempre son muy celebrados; piensa en lo bien que caía Rosa Conde. En cambio, a los tramposos no se les perdona, porque a todo el mundo le han dado alguna vez el timo de la estampita. Por eso os repito, cuidado con esto, os repito que yo no he sabido nunca nada de esos sinvergüenzas ni de sus golferías. Nunca jamás...

—Perdona, Felipe, a título de información y por si algún tertuliano de la radio lo saca a colación. ¿Tu cuñado, Paco Palomino, ya se ha quitado de enmedio en el negocio de la urbanización de lujo en el coto de Doñana, en aquellos terrenos que logró recalificar el hermano de Alfonso?

—Eso está arreglado, no te preocupes. Vuelvo a lo importante. Hay que insistir, lo repetiré una y otra vez, hay que insistir en que, por ejemplo, Roldán estaba siendo un director general ejemplar, como había sido un espléndido delegado del Gobierno en Navarra. Y si ha salido rana, nadie, y menos que nadie, yo, insisto, y menos que nadie, yo, podíamos suponerlo.

Se dirige a Belloch.

—Por cierto, ¿alguna novedad?

El biministro niega con la cabeza.

—¡Pues vaya mierda de Operación Luna que habéis montado, con el dineral que nos cuesta!

—El cabrón es un genio. Ya te conté que ahora tiene en ascuas al FBI.

—Como no leo los periódicos, para evitarme nuevas corrupciones, no sé si os aprovecharíais del follón de la Copa del Mundo para resaltar debidamente la clase de delincuente que es Roldán.

—Se hizo según tus acertadas instrucciones. Tenemos convencido al país de que Raffles y Al Capone, a su lado, eran unos aficionados.

Media hora más de reunión; alrededor de las siete, Felipe la da por concluida, tras insistir:

—Y hay que revocar la fachada, compañeros, aunque por dentro el edificio siga siendo el mismo.

Se levantan; Benegas sacude en el hombro a Ramón Rubial, que dormía beatíficamente. El anciano presidente se pone en pie, alza el puño y comienza a cantar *La Internacional*.

—Que no, Ramón —le advierte Chiqui (o Txiki)—, que hoy no hace falta, porque no hay público.

El secretario general del PSOE y presidente del Gobierno de la nación se dirige a todos:

—Bueno, y como probablemente ya no nos volveremos a reunir hasta setiembre, que tengáis felices vacaciones.

—En lo que ahora cabe —comenta, por lo bajo, Alfonso Guerra.

González y Narcís Serra se quedan los últimos.

—¿Adónde te vas a descansar? —le pregunta Felipe.

—A la mar, mira. Yo soy muy mediterráneo; es por esto que me gustan la playa y el deporte náutico.

—Pues a ver si tienes cuidado con los fotógrafos, que el verano pasado te sacaron en bermudas y poniendo en marcha un fuera borda y quedabas de lo más ridículo, con tu tripita y todo blancuzco.

Al vicepresidente se le hacen más pequeños los ojos (en lo que cabe), los guiña nerviosamente, sujeta las gafas, que se le escurrían, y dice con la voz más atiplada que nunca:

—Cada vez se respeta menos la intimidad, *cony*...

A la salida de la Moncloa, los altos dirigentes se encuentran con una desagradable sorpresa. Once muchachos vestidos de futbolistas, con el uniforme de la selección nacional, sostienen una pancarta donde puede leerse: ROLDÁN, EMBAJADOR DE FELIPE EN EL MUNDIAL. Disfrazado de Javier Clemente, con peluca roja y una ikurriña en la mano, Ruiz Mateos dirige el grupo, que corea al paso de los socialistas:

—Al final acabarán en la cárcel con Roldán.

NINE

El FBI ha puesto su más avanzada tecnología al servicio del *Cup's case,* como se designa oficialmente el enrevesado asunto. En la inmensa sala de ordenadores de la organización policial, en Washington, se están procesando todos los datos obtenidos acerca del misterioso hombre de la bolsa, a través de las grabaciones televisivas y de las numerosas fotografías. Un sofisticado cerebro electrónico, último modelo, ofrece sus conclusiones, que se remiten inmediatamente a Los Ángeles, donde sigue instalado el centro neurálgico de la investigación.

El agente Collison los recibe y avisa con urgencia al detective Martínez y al teniente Callaghan, que han bajado a la cafetería para tomarse el *hot-dog* con Coca-cola *light,* que constituye su colación de media mañana. A los pocos minutos están de nuevo en la oficina; el eficaz agente de origen hispano ha hecho ya varias fotocopias ampliadas del informe.

—Vamos a ver si esto nos sirve para algo... —masculla Martínez, sin dejar de roer la cachimba vacía.

Callaghan va leyendo en voz alta:

—*Proposición*: Identidad. Sujeto con bolsa

reunido en terreno de juego Rose Bowl con grupo celebrando victoria Brasil. *Datos programa*: Todo el material gráfico existente, tanto filmaciones como fotos fijas. *Conclusiones*: Éstas son las características físicas del personaje (margen de error: 1,6 %). *Edad*: 50 años. *Altura*: 1 m 65 cm. *Peso*: 72 kilogramos. *Número de cuello*: 42. *Número calzado*: 40. *Cintura*: 1,40. *Pecho en inspiración*: 1,70. *Vestuario*: *Prêt-à-porter* de importación. *Antigüedad pantalones*: Dos años. Zapatillas Reebok, de estreno procedentes tienda aeropuerto. Reloj Rolex (de imitación). Pulsera de cobre antiartrítica en muñeca derecha. Chandal Addidas, modelo 1991. Alianza de oro en anular mano derecha. *Capacidad física*: Regular. Leve cojera pierna izquierda; puede deberse claudicación cadera o juanete recalentado durante carrera. *Cabeza*: Alopecia trasera, en forma de coronilla. Imposible concretar rasgos rostro. No obstante, se acompañan dos retratos-robot, efectuados estableciendo relación demás datos anatómicos y calculada sobre mil muestras de cuerpos de similares características. (Importante: no confiar parecido.)

Uno de los dibujos representa a un individuo de pobladas cejas, profundas entradas en el pelo, ojos oscuros, nariz aguileña, perilla y mofletes. El otro es un hombre chato, con orejas de soplillo, ojos claros, bigote a lo Errol Flynn, muy chupado de cara y con melenas. Martínez los mira con desprecio, rompe los folios con indudable enfado, hace una bola con ellos y la arroja a la papelera.

—Ganas de confundir —explica—. Pero cuidado, que aquí tenemos algunas referencias importantes. Tome nota, Callaghan. Enfermo de artritismo. Calva en el occipucio. La cojera puede deberse a defecto congénito o accidente, salvo causa fortuita del juanete; en todo caso, padecería de juanetes. Por el origen de su vestimenta, debe de ser extranjero. No practica habitualmente ningún deporte...

Queda pensativo. El agente Collison le advierte:

—El anillo.

—¿Qué pasa con el anillo? Salvo que permite suponer que es casado...

—Lo lleva en la mano derecha. En los Estados Unidos nos colocamos la alianza en la izquierda.

—Bien visto.

—Me consta que en España depende de los condados o, como allí se llamen, las distintas comarcas. En unas, el anillo se lleva en la derecha y en otras, en la izquierda.

—Callaghan, que le informen desde Madrid sobre esas diferencias.

—*Yes, sir.*

—Y coteje los datos que tenemos del grupo de sospechosos 1 a 6, por si alguno coincidiera con las características que le he mandado anotar.

—Ahora mismo.

El inspector marcha a la habitación contigua, donde están los ordenadores. Martínez se sienta, estira las piernas, guarda la pipa, debidamente masticada, y pregunta a Collison:

—¿Hay alguna novedad sobre el policía Stevenson?

—*Yes, sir*. Y muy importante.

—Eso debo decidirlo yo. A ver, explíquese.

—*Excuse me, sir*. Stevenson, como sabe, estuvo en el hotel Marine Pacific desde el sábado por la tarde al mediodía del domingo; llegó con un paquete, que no llevaba al marcharse.

—Lo sabía, lo sabía. ¿Qué más?

—El lunes, antes de entrar de servicio, se compró un traje azul marino, de seda natural, en una tienda de la zona Arco, en Flower St.; antes había enviado dos trajes usados a la tintorería. Por la tarde, al salir del cuartel, pasó por el supermercado y se llevó una gran bolsa con pastas, embutidos, fruta, conservas y una lata de caviar.

—¿Iraní?

—Tengo que verificarlo todavía; ya le informaré. Sigo. Fue a su apartamento, donde permaneció algo más de una hora; salió, vestido con el traje nuevo y en su coche se dirigió al restaurante Moon Kee's, en Down Town, donde le estaba esperando una mujer de aproximadamente treinta años, morena, que hablaba con acento extranjero, quizás italiano. Stevenson le obsequió con una orquídea, comprada en el mismo local.

—¿Qué cenaron?

—Podré decírselo también dentro de dos horas.

—Bien, bien... —Martínez se rasca el cogote—. Efectivamente, *very interesting*...

Callaghan regresa, con unas fichas en la mano.

—Vea. Estos sospechosos coinciden con alguna de las características del tipo de la bolsa.

Jonathan B. repasa las fichas.

—El chófer de la furgoneta tiene coronilla en el occipucio; Luis Roldán, también, aunque mayor, y lleva la alianza en la derecha; el miembro de la FIFA, Pablo Porta, que estuvo en el palco presidencial, padeció hace años un ataque de artritismo; el *maître* del Ritz Carlton cojea ligeramente, como consecuencia de una lesión que se produjo jugando al rugby en la universidad; también renquea de la pierna izquierda el conserje del hotel, herido en el Vietnam... —El detective Martínez saca de nuevo la pipa y la mastica con fuerza: señal de que está meditando—. Vámonos, Callaghan: le invito a comer. Usted, Collison, procure tener los demás datos sobre Stevenson dentro de tres horas.

—*Yes, sir.*

—Si me permite —insinúa el teniente—, le recomendaría un excelente restaurante italiano que está muy cerca, dos calles más abajo.

—Me encantan los espaguetis, pero no se trata de eso. Iremos a almorzar al Ritz Carlton.

—¡Oh, ya comprendo! Muy bien visto, sí, señor...

Después del bullicio de los días del Mundial, que llenaron el Ritz Carlton de personalidades, turistas, periodistas, fotógrafos, cámaras de televisión y algún que otro curioso (pocos, pues el *soccer* interesó escasamente a los vecinos de Los Ángeles), la tranquilidad ha vuelto al elegante hotel. Sus amplios salones están vacíos; los pasillos, antes repletos de informadores, siempre a la espera de las últimas noticias de la Comisión Disciplinaria de la FIFA, parecen ahora más largos, en su soledad. Tan sólo hay animación en el comedor de verano, al aire libre, junto a la piscina, con los multicolores parasoles protegiendo las mesas, desde las que jubilados de vacaciones y algún que otro ejecutivo de paso por la ciudad se divierten contemplando a las muchachas en bikini que saltan desde el trampolín, algunas con cierto estilo.

—Aquí también podremos comer espaguetis —tranquiliza Martínez al teniente. Y llama al *maître* con un gesto.

El *maître* es calvo, cuarentón, viste con soltura el frac y, efectivamente, cojea un poco.

—Señores... —les ofrece la carta. Sin mirarla, el detective indica:

—Imagino que habrá espaguetis.

—Por supuesto. Nuestro cocinero es un especialista en pasta italiana; nació en Bolonia.

—Pues tráiganos dos buenas raciones, con mucho queso, ketchup y pimienta. —Consulta a Callaghan—: ¿Ensalada? —y ante su afirmación—: Dos ensaladas; con ajo, naturalmente.

—¿Y para beber?

—Heineken. —Al otro—: ¿Le parece? —Y el otro asiente.

—Buen provecho, señores. —El *maître* hace una leve inclinación y se dispone a marcharse.

—Un momento... ¿Cómo se llama usted?

—George, para servirle.

—George: el pan, tostado. Y *grissini*.

—Con mucho gusto, señor.

Cuando se marcha, Callaghan dice:

—Indudablemente, es él.

—Eso parece.

Comen sin prisas, repiten las cervezas, piden helado de frambuesa como postre y toman los cafés con edulcorante. La terraza se ha ido vaciando; las bañistas se retiraron hace ya rato. Martínez, tras firmar la cuenta, se presenta:

—Verá, George; somos policías y estamos encargados de la investigación del *Cup's case*...

—Complicado asunto; ¿encontraron ya alguna pista?

—En eso estamos. Tengo entendido que usted atendió, la noche del sábado 16, a los invitados a la recepción que se ofreció aquí, en el Ritz Carlton.

—Efectivamente.

—El conserje que aquel día y a aquella hora estaba de servicio, ¿es el mismo que hay ahora?

—Creo que sí, señor. Cambia de turno semanalmente.

—Entonces, ¿habría inconveniente en que charláramos unos minutos con ustedes dos?

—Por lo que a mí respecta, ninguno. Voy a decírselo a Frank que es buen amigo mío. ¿Les parece que nos reunamos en el bar? A estas horas no habrá nadie.

Frank es alto, fuerte, representa cincuenta años bien llevados y su cojera resulta mucho más perceptible que la del *maître*.

—George, ¿recuerda en qué momento llevaron la copa al salón donde se celebraba el acto?

—Perfectamente. Estábamos esperando a que llegasen los primeros invitados; los directivos de la FIFA, siete u ocho, con mister Havelange, se habían colocado cerca de la puerta. Entonces entró un señor de bastante edad, negro, que traía entre las manos un estuche grande, como de cuarenta centímetros de alto. Fue hacia la mesa que habíamos puesto en el centro, seguido por todos los demás, abrió el estuche y lo depositó sobre ella, con cierta solemnidad. Dentro estaba la copa. Por cierto que uno de los federativos dijo, en francés: ¡Es bellísima! A poco, empezaron a llegar periodistas y autoridades, y servimos el *lunch*.

—¿Cuánto tiempo duró la recepción?

—Alrededor de una hora; quizás, hora y media.

—Durante ese tiempo, ¿había alguien vigilando especialmente la copa?

—Creo que no; pero tenga en cuenta que yo estaba atendiendo al público y no presté atención a la copa. Además, difícilmente podría haberla visto, porque la mesa estaba siempre rodeada de gente.

Martínez se dirige al conserje.

—¿Controló usted a los asistentes?

—Realmente, eran las azafatas quienes les pedían la invitación. Yo sólo intervenía si se planteaba algún problema.

—¿Por ejemplo?

—Un representante de la Federación Italiana había perdido la invitación; se identificó y pudo pasar. Sucedió lo mismo con varios periodistas extranjeros. Como anécdota, le diré que uno de ellos, que era español y no sabía una palabra de inglés, me pidió que le acompañara a la mesa de acreditaciones para que le entregasen la suya; es que yo hablo correctamente el castellano, ¿comprende? Cuando aquello se resolvió, y ésta es la anécdota, intentó darme diez dólares de propina que yo, como pueden suponer, le rechacé.

Martínez intercambia una mirada con Callaghan.

—¿Qué aspecto tenía ese español?

—Calvo, regordete, estatura no muy alta; llevaba una cartera muy grande que, naturalmente, pasó a la entrada el control electrónico.

—¿Tenía barba?

—No; al menos, no lo recuerdo.

El detective pregunta al *maître*:

—¿Podría acordarse de haber visto a alguien de esas características en el salón?

Georges duda unos segundos.

—Es difícil; había allí más de cincuenta personas. Aunque sí me llamó la atención un calvo, no quiere decir que fuera el mismo, por supuesto, que se acercó varias veces al *buffet* para repetir la copa de champán; al menos se bebería seis o siete. Siempre hacía lo mismo: con la copa en la mano, se dirigía a la mesa donde estaba la copa, ahora me refiero a la del mundo, claro, y allí se quedaba, sin hablar con nadie, hasta que volvía a reponer la bebida. También me fijé en él, porque llevaba una cartera de piel de cierto tamaño.

—Entonces, podía ser el español... ¿O muchos invitados iban con cartera?

—Muchos, desde luego, no. Aunque quizá algunos; no sabría decirle.

El detective consulta:

—¿Se puede fumar aquí?

—Ahora sí, señor; no hay problema —le tranquiliza Frank, que aprovecha para apuntarse—: De modo que, si ustedes me lo permiten, yo también fumaré un cigarrillo...

Ofrece fuego a Martínez, que da una larga chupada a la pipa, pasea caviloso y se vuelve al conserje.

—¿Quién guarda las llaves de las cajas de seguridad?

—El director del hotel. Mientras no están ocupadas; entonces se le entregan al interesado.

—¿Sabe a quién se le dio la llave de la caja donde estaba la copa?

—Al señor secretario de la FIFA, según me dijo el director.

—Pero George nos ha dicho que no fue esa persona quien llevó la copa al salón. —Se dirige ahora al *maître*—: ¿Y quién se la volvió a llevar, cuando terminó la recepción?

—El mismo empleado de la Federación, bueno, pienso yo que sería un empleado, que la había traído. El negro.

—Bien, bien... ¿Podríamos ver la cámara acorazada, donde están las cajas de seguridad?

—Naturalmente. Esperen un momento —dice Frank, el conserje— que voy por las llaves.

Por una escalera cercana al salón bajan al sótano. Un pasillo de algo más de quince metros termina en una puerta metálica doble. Frank abre sucesivamente los dos cerrojos; entran en una habitación pequeña, en cuyas paredes, adosadas, están las cajas individuales de seguridad, también metálicas.

—Cincuenta en total —precisa el conserje.

—¿En cuál se guardaba la copa?

—En la número veinte: ésta. —De pronto, Frank vacila—. Me parece...

—Bien; pues ya no les molestamos más.

Antes de despedirse, Callaghan pide al conserje, si lo hay, un plano del hotel. No es problema; entre la documentación que se entrega a los clientes figura un plano de las distintas plantas, para facilitar el conocimiento de las salidas de emergencia.

—Por favor —ruega Martínez—, ¿podríamos salir por la puerta de servicio? La que utiliza el personal del hotel.

—Claro que sí.

Está en la parte trasera; hasta llegar a ella se

atraviesan la lavandería, el cuarto de duchas y una habitación aneja, donde se cambian los empleados.

—Muchas gracias por su colaboración...

—Ha sido un placer.

—Por cierto —pregunta Martínez, ya en el umbral—. ¿Qué les pareció la final? Porque me imagino que estarían...

—El señor Domínguez, de la FIFA, tuvo la amabilidad de regalarnos dos entradas. Y como ese domingo librábamos... —aclara Frank.

—Yo no entiendo apenas de *soccer*; quizá por eso se me hizo muy largo el partido.

—A mí tampoco acabó de entusiasmarme.

De vuelta a Down Town, Callaghan anticipa sus conclusiones:

—Yo dejaría fuera de sospecha al *maître*. En cambio, no me fío del conserje.

—Coincido totalmente. ¿En qué basa sus conjeturas?

—Supongo que en lo mismo que usted. ¿Cómo sabía el tal Frank en qué caja de seguridad se guardaba la copa?

—Correcto, Callaghan, correcto.

—Y aunque las llaves de las cajas individuales las tenga el director, las de la puerta de acceso a la cámara acorazada las guarda el conserje.

—Perfecto, Callaghan, perfecto. —Sonríen los dos. Matiza el detective—: Aunque con esto, el asunto se nos complica todavía más. Evidentemente, tuvo que haber un cómplice, supuesto que el cambiazo se diera en el hotel.

—Si el calvo de la cartera era Roldán...

—Entonces, ¿por qué el conserje ha tenido

tanto interés en destacar su presencia en la recepción, con detalles como el de la propina?

—Querrá cargarle toda la responsabilidad...

—No sé, Callaghan; hay mucho que barruntar. Porque, ¿y Stevenson?

Tardan más de media hora en llegar a la oficina de Down Town, por culpa de los atascos.

DIEZ

—¡Estos americanos son gilipollas...!

Feliciano lo grita, después de leer el fax que acaba de entregarle Ana, su abnegada secretaria.

—¡Unos plastas y unos cretinos y unos pesados!

Ana, habituada a los desahogos verbales de su jefe, le escucha impasible, con la mirada perdida.

—Ponme con el ministro...

Se agarra con furia al teléfono.

—Perdona si te molesto... ¿A que no sabes lo que nos piden ahora los tarados del FBI? Pues que les informemos en qué regiones de este país, los casados llevan el anillo en la mano derecha y en cuáles en la izquierda... ¿Les mando a hacer puñetas?

Pero Belloch (o Benlloch) no es partidario:

—Cálmate, Feliciano; por algo será. ¿Tú no has leído novelas de Sherlock Holmes? Descubría los misterios más difíciles a través de detalles aparentemente insignificantes.

—Bueno, si tú lo dices... Pero a mí me parece una estupidez.

—Además, no hay que desanimarlos; nos interesa muchísimo que sigan buscando a Roldán, a ver si tienen más suerte que nosotros, que lo que es por ahora... Porque en la Moncloa hay nervios, ¿sabes? El vicepresidente Serra, que es muy listo, aunque tú no lo creas, tiene miedo de que Roldán quiera hacernos chantaje con la copa; si es que la ha robado él, claro.

—¿Cómo chantaje?

—La tesis de Narcís es muy sensata: ese granuja no puede haber montado todo este cirio únicamente por dinero. Si es que lo ha montado él, vuelvo a decirte; sabemos de sobra que está forrado de millones. Entonces hay que pensar que usará la copa para conseguir algo a cambio, presionando con el escándalo internacional. Porque todas sus granujadas de aquí, en el extranjero los traen al fresco; en cambio, si se aprovecha de este robo, que ha impresionado en todo el mundo, puede desacreditarnos...

—No había caído; te lo confieso.

—De ahí que quepa pensar que, con el haliguí de la copa, lo que busca es exigir cualquier compensación; *verbi gratia*, que dejemos salir de España a su mujer.

—¿Pero cómo va a pedir eso? ¿No decís que es tan listo...?

—Era un ejemplo, hombre; para que me entiendas.

—Entonces, les contesto el fax... ¿Y dónde me entero de la coña de los anillos?

—A lo mejor en protocolo saben algo...

—Bueno, bueno; gracias, ministro.

—Ven a verme a última hora. He de pedirte un favor.

Cuelga y le pregunta a la secretaria:

—¿Tú sabes dónde se lleva el anillo de casada, según las regiones?

—Le recuerdo que soy soltera... —responde Ana, casi ruborizándose.

—Tampoco se trata de un problema sexual; en fin, llama a protocolo, a ver si allí nos lo pueden aclarar.

—Le indiqué antes que el señor Olalla lleva esperando bastante rato...

—Es verdad; hazle pasar...

Edmundo Olalla, andaluz y de Lora del Río, militante del PSOE desde los tiempos de la clandestinidad, es de los pocos socialistas que pueden presumir de haber estado en la cárcel durante el franquismo, lo que le ha dado gran prestigio en el partido. En el partido no saben, obvio, que su condena a seis meses y un día fue consecuencia de haber robado un carro cargado de aceitunas; aunque él asegura que lo hizo con manifiesta intencionalidad política, para facilitar aperitivo gratis a los compañeros del grupo sevillano, cuando se reunían para conspirar y hacer planes para el día en que, por fin, se muriera el Dictador.

Feliciano le abraza con efusión.

—Siéntate; ¿quieres tomar algo? ¿No? Es verdad, a estas horas todavía no apetece un whisky. ¿Café tampoco? Bien, como quieras. Vamos al asunto: hemos de cambiar el sistema de contratación.

—¿Pasa algo?

—¿Es que tú tampoco lees los periódicos? Hay una manada de plumíferos cabrones detrás de nosotros, esperando la menor indiscreción para montarnos un pollo. Tienen submarinos en los ministerios, hijos de puta infiltrados que les facilitan datos y números y hasta fotocopias de documentos confidenciales.

—Parece mentira que pueda existir gente tan sinvergüenza.

—Pues existe; mira la que armaron con Filesa y con Ibercorp, y con otras empresas a las que les han achacado hacer negocios sucios.

—¡Es intolerable! ¡Y que alguien les haga caso, encima!

—Eso es lo peor; que de pronto han aparecido unos jueces rarísimos, empeñados en que lo de contratar trabajos que no se hacen, pero que se pagan, está muy feo. Date cuenta que así era cómo veníamos funcionando con Olafesa, tu sociedad.

—Nuestra sociedad.

—Más bien tuya y de mi primera mujer; por cierto, que ya le he sacado a Rocío el reconocimiento notarial de que, realmente, las acciones son mías.

—¿Qué te ha costado?

—Cinco kilos.

—Eso te enseñará a no fiarte de la cónyuge: te lo dije. Antes valía, cuando todo aquello del sagrado vínculo. Pero ahora te expones a quedar en manos de la ciudadana, en cuanto quieras cambiar de jaca. Y con lo picaflor que tú eres...

—En la ampliación de capital que tenemos prevista, pondré los títulos a nombre de mi primo Remigio, que es minusválido síquico, o sea, que está tururú y no se entera de nada. Volviendo a Olafesa: se acabó lo de que le contratemos desde aquí análisis de las incidencias de los culebrones televisivos en las afecciones cardíacas de personas de la tercera edad y estudios comparativos entre el homosexualismo en los animales racionales y los irracionales, que como es natural, nunca se entregaban.

—Pero se pagaban puntualmente.

—Ahora necesitamos buscar alguna fórmula menos comprometida; guardar las apariencias.

Edmundo enciende con parsimonia un purito de los llamados «señoritas». Aspira una bocanada y dice, con indudable orgullo:

—Todo eso ya me lo camelaba yo, que no leo la prensa escrita, pero tengo información de primera mano. Así que vine trabajando la sesera en estos días últimos y te digo, Feliciano, que he encontrado la solución.

—¿Cuál?

—A Olafesa hay que enterrarla; cuanto antes, mejor. Quitarla de enmedio, procurando dejar el menor rastro posible. Creamos otra sociedad nueva, tengo hasta el nombre, Bellas Artes de Ultramar S. A. (Bellausa), ¿a que suena bien?

—Sí, pero ¿por qué ese nombre?

—Porque con esa sociedad vamos a dedicarnos a venderle cuadros, paisajes, bodegones, retratos, de todo, a los ministerios y a las Comunidades donde todavía mandamos, y a los ayuntamientos del partido, y a quien se tercie. Pero los venderemos de verdad, entregándolos con acuse de recibo y constancia en acta.

—Entonces, ¿dónde está el negocio?

—¡No me seas cándido, querido! Los cuadros serán una mierda, de los que venden por las calles a cuarenta duros; pero los cobraremos a precio de Dalí.

—Oye, no es ninguna tontería...

—Claro que no. Y en eso no hay trampa; sólo habilidad comercial.

—Una buena idea, sí señor. Enhorabuena, Edmundo...

Olalla da por terminada la visita, levantándose.

—Te dejo, que ya sé el trabajo que tienes siempre...

—Tremendo, chico: es que no paro. Si no fuese porque comprendo que mi esfuerzo lo hago en beneficio del país...

—Y que lo digas. Oye, mandaré los papeles al notario para que prepare la escritura de Bellausa; tendrás que darme los datos de tu primo, el majara.

—Descuida; su padre, o sea, mi tío Benigno, tiene poderes y firmará por él; ya lo ha hecho otras veces.

—Un abrazo, Feliciano...

—Otro muy fuerte. Que vales un huevo, tú...

Cercanas las dos, Feliciano sube al despacho del biministro, que está acabando de firmar la propuesta de excarcelación de unos muchachos etarras, responsables solamente de once asesinatos y que llevaban ya, los pobres, casi cuatro años en la cárcel.

—¿Qué querías de mí?

—Verás; me había comprometido a ir a la Universidad de Verano de Santander, para dar una conferencia dentro del curso sobre «Historia y Problemática social del Estado español contemporáneo», que se está celebrando en la Menéndez Pelayo. Pero, chico, me viene fatal; tengo que desatascar la mar de asuntos, porque con esto de ser ministro doble, es que no doy abasto.

—¿Y en qué puedo servirte?

—Tendrás que ir por mí a dar esa conferencia. No, no te preocupes; a mí también me la escribían. Haré que te manden el texto, que lo ha hecho un historiador de estos jóvenes que hay ahora y que saben tanto.

—¿Cuándo es el festejo?

—Pasado mañana. Puedes ir con tu mujer, por supuesto. ¡Ah! Ni que decir tiene que te pagarán un dinero, creo que alrededor de veinte mil duros. Además, pide dietas en Pagaduría, porque supongo que no querrás alojarte en la Magdalena, con los alumnos. Que te reserven en el hotel Real.

—Como tú digas…

—Ya que estás aquí: te repito que debemos cuidar a los americanos. Son órdenes del presidente.

Belloch se pone en pie, respetuosamente, en homenaje al recuerdo del *number one.* En correcta posición de firmes, alarga la mano a Feliciano, que la estrecha con afecto y después, sale del despacho.

La península de la Magdalena se adentra en las aguas del Cantábrico, como un anticipo de la capital montañesa; en su parte más elevada, el palacio destaca su encanto decadente, como de cuento de hadas, cursi y al propio tiempo, entrañable. La ciudad de Santander, por suscripción popular, lo regaló a título personal a S. M. don Alfonso de Borbón, a principios de siglo para que pasara allí los veranos, con su familia; incautado durante la II República, como todos los bienes del real patrimonio, le fue devuelto con ellos en plena guerra civil, por el primer gobierno de Franco. Ya consumada la transición política, el 8 de setiembre de 1977 don Juan de Borbón, conde de Barcelona, vendió el Real Sitio al Ayuntamiento santanderino por 150 millones de pesetas. Desde mucho años antes, venía ya sirviendo de cobijo a la histórica Universidad Internacional Menéndez Pelayo.

Allí se celebran todos los veranos gran variedad de cursos, tanto para alumnos españoles como extranjeros. Desde que el gobierno socialista accedió al poder, hace ya, ¡ay!, una docena de años, la Universidad (ahora, UIMP) se ha potenciado extraordinariamente y centenares de jóvenes acuden para escuchar las doctas lecciones que imparten, en forma de conferencias, de charlas, de coloquios, de mesas redondas, sabios catedráticos, eruditos profesores, brillantes escritores, eminentes políticos de todo el mundo, que difunden sus enseñanzas sin la menor traba, con absoluta libertad de expresión. Lo único que se les exige es que sean todos afectos al régimen socialista.

Don Ernest (antes, Ernesto) Lluch recibe con su proverbial simpatía a Feliciano. El señor Lluch desempeña, desde hace ya años, el comprometido puesto de rector de la Universidad; y lo viene haciendo con brillantez y con eficacia, de tal modo que a él se debe el mucho prestigio alcanzado últimamente por el Centro, que justifica con creces su importante presupuesto. Es indudable que selecciona con escrupuloso rigor los conferenciantes y cuida celosamente de que la formación que se imparte al alumnado no se desvíe en ningún momento del ideario progresista de la izquierda.

—Este curso tenemos muy buena gente, ¿sabe usted? —le explica a su huésped—. Muchachos y muchachas con muchas inquietudes, que asisten a los actos deseosos de aprender y es por esto que hacen infinidad de preguntas, pues cada día lo son más de curiosos. Por cierto, ¿desea que después de su conferencia se abra un coloquio?

—Más bien, no; tengo muy poco tiempo, ¿comprende?

—Claro, claro. Es lástima; en los coloquios se escuchan cosas muy interesantes.

Y tanto. En el mismo curso donde va a actuar Feliciano se ha celebrado una mesa redonda sobre «La mujer, esa pobre víctima», con intervención de un selecto ramillete de adalides del feminismo: Matilde Fernández, Cristina Alberdi, Lidia Falcón, Carmen Rico Godoy, Loles León y como figura estelar, la gran campeona de tenis, Martina Navratilova. Por los inevitables retrasos burocráticos, llegó tarde la inscripción de Bibí Andersen, que tenía mucho interés en participar; con ello se evitó un serio problema, pues en la dirección del curso había opiniones dispares sobre si procedía o no admitirla, pese a que en su documentación acreditaba hallarse convertida ya en toda una mujercita. O más bien mujerona, dada su talla.

Doña Matilde, la inolvidable ex ministro de Asuntos Sociales, se ufanó, con toda justicia, del éxito alcanzado por sus ingeniosas campañas de difusión de los preservativos, hasta el punto, dijo, de que ahora, incluso muchas revistas y semanarios y bastantes libros se venden protegidos por una especie de condón. Preguntada acerca de sus tan controvertidas subvenciones, leyó una lista que demostraba cómo siempre había puesto buen cuidado en regalar los millones a entidades y grupos empeñados en el mantenimiento de los derechos de la mujer (1). Y que si apenas tuvo en cuenta a la Asociación de Víctimas del Terrorismo, fue porque, aunque la palabra «víctima» sea femenina, los muertos solían ser hombres.

Lidia Falcón arrebató a los asistentes con su elocuencia. Sus argumentos en favor de la total identificación física, jurídica, social, sexual, laboral y eclesiástica del hombre y la mujer llegó a levantar aplausos. Estaba todo el público convencido de que una mujer es exactamente lo mismo que un hombre, se mire por donde se mire, cuando un muchacho impertinente, con indisimulable aspecto fascista, se levantó para decir, con notoria insolencia:

—Pues mire, por mucho que usted se empeñe, dudo de que pueda nunca operarse de la próstata.

Uno de los conferenciantes más celebrados fue el excelso historiador británico Paul Preston, tan famoso desde que ha publicado una fidedigna, veraz y muy imparcial biografía de Franco. Estaba el hombre especialmente eufórico, pues su intervención tuvo lugar a primeras horas de la tarde y venía de un banquete que le habían ofrecido en Puerto Chico un grupo de intelectuales marxistas/maoístas, de los pocos que ya quedan. Mister Preston anticipó sus últimas investigaciones sobre la repelente figura del Dictador, que incorporará en nuevas ediciones de su libro. Por ejemplo, después de las indagaciones

(1) Entre otros: Viva la Pepa, Derechos reproductivos, Mujeres por la liberación sexual, Pa'ellas, Liberación de la mujer, Separadas y divorciadas. *(N. del a.)*

que ha efectuado en El Ferrol del Anterior Jefe del Estado, ha podido saber que ya de niño manifestaba sus tendencias crueles e inhumanas, cortándole el rabo a las lagartijas y cazando moscas, que después sacrificaba metiéndolas en un tintero.

Sobre la guerra civil, repitió sus conocidas tesis. La tan cacareada defensa del Alcázar de Toledo fue posible por los suministros de armas, alimentos y estampas milagrosas de santa Gemma Galgani, que facilitaban a los sitiados dos submarinos alemanes de bolsillo que operaban en aguas del Tajo. En cuanto al nombramiento de Franco como Jefe del Estado, estaba ya claro que su hermano Nicolás echó un somnífero en el vino que bebieron los demás generales durante la comida, por lo que se quedaron dormidos al llegar el momento de la votación, excepto Mola, que se sabía que lo iba a hacer a favor. Cuando se despertaron no recordaban nada y aceptaron dar por buena la elección, acoquinados, además, por la presencia de una Bandera de la Legión, que los apuntaba con sus mosquetones.

Hizo, finalmente, un preciso bosquejo de los más destacados adalides de la zona republicana. Así, exaltó la figura de Santiago Carrillo, que con tanta presteza y eficacia resolvió, a comienzos de noviembre de 1936, el grave problema de los enterramientos de más de doce mil vecinos de Madrid, que habían muerto a consecuencia de una epidemia de tifus. Con admirable visión, dispuso que fuesen inhumados en Paracuellos, evitando así el riesgo de contagio al resto de la población; tan humanitaria medida, opinó Preston, merecería haber sido premiada con la Gran

Cruz del Mérito Civil, para lo cual, por cierto, aún se estaba a tiempo.

Glosó también la personalidad de Dolores Ibárruri, la inolvidable *Pasionaria*, que renunció a su vocación de monja carmelita descalza para entregarse a la defensa y tutela de los desheredados, víctimas del capitalismo. Y llevó su generosa entrega a los ideales del proletariado, hasta el punto de adoptar a un joven de la misma edad que su hijo, llamado Antón, que llegó por sus méritos a Comisario Jefe del Ejército republicano. Como el muchacho padecía terribles insomnios, a consecuencia de las torturas padecidas en las cárceles de la CEDA, durante el Bienio Negro, Dolores dormía con él en la misma cama, única forma de que el pobrecito no pasara miedo. Cuando llegó el penoso momento del exilio, Dolores no se separó de él, continuando aquella hermosa labor benéfica en la Unión Soviética, durante bastantes años. Su gesto de solidaridad no fue entendido, sin embargo, por su marido, un pobre analfabeto, que se marchó de casa, haciendo así todavía más digna de admiración la abnegada actitud de *Pasionaria*.

La intervención de Preston fue calurosamente ovacionada. Aunque, cuando se abrió el coloquio, volvió a levantarse el muchacho impertinente, de indisimulable aspecto fascista, y preguntó al eximio historiador:

—¿Cuál era la postura de *Pasionaria* en el tema del aborto?

Mister Paul no vaciló en la respuesta:

—Sin género de dudas, Dolores defendía el pleno, absoluto e indiscutible derecho de la mujer a disponer del feto como le venga en gana, sin cortapisas ni limitaciones legales y, desde luego, partiendo de la total gratuidad en el proceso de interrupción del embarazo.

Los aplausos de un grupo de asistentes no impidieron escuchar el comentario del muchacho impertinente:

—Pues entonces, ¿cómo explica usted que *Pasionaria* enardeciera a las camaradas del Partido con aquel eslogan que hizo popular en los años treinta? Me refiero a lo de «¡Hijos, sí; maridos, no!».

Fue tal el rostro de compunción de Preston, su gesto de absoluta ignorancia, que el moderador optó por declarar terminado el debate, sin ninguna explicación.

Menos enjundia histórica, pero mayor aliciente, tuvo para los jóvenes la charla-coloquio «Que el sexo mande, ande o no ande», impartida por Pedro Almodóvar y Rosy de Palma. Las conclusiones fueron obvias: en una sociedad democrática y libre, cada ciudadano es muy dueño de hacer lo que le apetezca con su cuerpo. Lo importante entre dos seres (o entre varios a la vez, por supuesto) es que se compenetren, se sientan dichosos y se den gusto.

—O sea —se interesó un muchacho con coleta y colgantes en las orejas— que se puede hacer el amor como uno prefiera, sin que importe la condición de la pareja.

—Por supuesto... —le tranquilizó Rosy de Palma, que por elementales razones, es partidaria del amor libérrimo.

—Es que verás, a mí lo que más me gusta ahora es acostarme con una oveja lucera que conocí hace quince días, en una excursión por el valle de Pas, y con la que lo paso chanchi.

Hubo cierto estupor en la audiencia; Almodóvar preguntó:

—¿Ella, o sea, la oveja, es feliz en el coito? ¿No la fuerzas a consumar la cohabitación?

—¡Qué va! ¡Si suelta unos balidos de felicidad cuando el orgasmo!

—Pues entonces, no hay problemas...

Otro joven (no debía estar matriculado; sin duda, era simple oyente), que había seguido el coloquio con gran interés y cuyo aspecto, rostro curtido por el sol, manos encallecidas, pantalones de pana, denotaba su indudable procedencia rústica, le comentó a una rubia que tenía al lado:

—Es que hay cada oveja que da gozo verla.

—*Excuse me* —le respondió ella—, *mi no entender spanish...*

Menos mal.

La nota disonante la dio Fernando Sánchez Dragó, que se enfadó muchísimo con todas aquellas cosas que se decían y citó la tan celebrada frase de Rajneesh: «El mundo de hoy tiene dos opciones: meditación o suicidio global.»

—El apocalipsis está cerca —enfatizó—; llegará cuando muera el último Papa y eso es inminente. Pero *calipsis* no significa fin del mundo, sino fin de los tiempos, de estos tiempos. El sistema ha tocado fondo...

Se organizó tal escándalo, pitos, abucheos, insultos como *facha, troglodita, carca, reaccionario* y similares, que el popular escritor optó por abandonar la sala; le acompañó en la retirada otro novelista famoso, Juan José Benítez, que estaba de paso en Santander y se había acercado a curiosear por la universidad.

—¡Qué tropa, oye! —se lamentó.

—Y tú, ¿qué haces aquí?

—Vengo para investigar en Comillas, donde parece que hace dos meses se posó un platillo volante, que permaneció cosa de media hora en tierra. Según mi informador, bajaron tres individuos muy altos, como de dos metros y pico, que se dieron un paseo por los alrededores, y parecieron interesarse mucho por unas vacas que pacían por allí cerca y que escaparon aterrorizadas cuando aquellos seres se les acercaban. Pero lo más curioso es que las extrañas criaturas, antes de volver al objeto volador, se pusieron en cuclillas, tal se diría que para hacer sus necesidades, o sea, mover el vientre.

—¡Hola!

—Según mi comunicante, ha recogido las heces, que son como tornillos de hierro y emanan olor a ácido fénico.

—Muy interesante, en efecto.

—A ver si los incrédulos se convencen ya de una vez de que existe vida en otros planetas, que posiblemente estas gentes tienen una inteligencia superior y que nos observan y nos estudian desde hace siglos, quizás esperando el momento de invadir la tierra. No me cabe duda de que los ovnis que de vez en vez nos visitan, lo hacen con fines científicos, aunque previos a la operación de desembarco.

Una jovencita muy pálida se acerca a los dos escritores, para dirigirse a Juanjo.

—Es usted el señor Benítez, ¿verdad?

—Sí, yo soy.

—Me gustan mucho sus libros, creo que los he leído todos, los de *El caballo de Troya* son estupendos y sobre todo, esos que tratan de ovnis y de otros mundos, me entusiasman.

—Pues muchas gracias.

—Verá usted; yo quería pedirle un favor.

—Tú dirás...

—¿Verdad que los extraterrestres también tienen vida sexual? Me refiero a que hacen el amor como nosotros...

—Bueno, hay que suponer que sí; aunque algunos autores opinan que se reproducen mediante combinaciones químicas. Pero yo, personalmente, no descarto que lo hagan como consecuencia de una cohabitación, en cierto modo, similar a la de los humanos, e incluso con goce físico.

—¡Estupendo! ¿No podría escribirme eso en una cuartilla, con su firma, por supuesto?

—¿Pero para qué?

—Verá; yo es que tengo dieciséis años y estoy embarazada de dos meses, y no hay manera de que mi padre se crea que quien me violó fue un extraterrestre de los que hace varias semanas estuvieron en Comillas...

De regreso a Madrid, Feliciano informa al biministro.

—Misión cumplida. La conferencia, un éxito; bueno, no había mucho público, catorce personas incluido el rector, pero a todas les entusiasmó.

—Gran persona Lluch. Fue un acierto de Felipe colocarle en la Menéndez Pelayo, cuando salió del Ministerio de Sanidad. Aquí no es peligroso.

—Nos gustó mucho Santander, que ni Juanita ni yo conocíamos. ¡Qué ciudad más hermosa! Y tranquila, oye, con vida nocturna como la de antes.

—Guárdate esas opiniones, porque allí manda la derecha.

—No, si ya noté algo raro en el ambiente...

Belloch (o Benlloch) toma unos folios que estaban sobre su mesa.

—Más noticias del FBI; y no buenas. Parecen dispuestos a descartar la intervención de Roldán en el dichoso robo de la copa. Eso no nos conviene, por las razones que ya conoces.

—¿Qué podemos hacer?

—Deberías irte a Los Ángeles; en casos así, el contacto directo suele ser beneficioso. Te trabajas al teniente ese... ¿Cómo se llama?

—Callaghan.

—Le convences de que, dada la categoría de delincuente de Roldán, nosotros no dudamos de su culpabilidad. Ofreces toda la colaboración posible; si acaso, le invitas a venir unos días a España, que eso siempre da buen resultado. Hay que lograr a toda costa que ese granuja continúe siendo presunto responsable ante la opinión pública. Con ello, también lograremos que la Interpol se tome más en serio su búsqueda, pues hasta ahora no parece hacerlo...

—Bueno; si tú lo quieres, me iré. Lo que pasa es que yo no hablo inglés.

—Da lo mismo; allí hay mucho hispanoparlante. ¿No ves que California fue una fundación española?

Feliciano que, naturalmente, no lo sabía, se alegra mucho con la noticia.

ELEVEN

Un antiguo adagio del FBI dice que si a las dos semanas de iniciada una investigación, todavía no se ha encontrado ninguna pista fiable, el caso debe considerarse ya de larga duración. Jonathan B. Martínez conoce la máxima y de ahí su inquietud, pues ya se han cumplido 22 días desde que, el 17 de julio, tuvo lugar el robo/sustitución de la Copa del Mundo. Y aunque hay indicios, sospechas, conjeturas, continúan sin poder establecerse unas afirmaciones con mínima solidez de las que quepa partir hacia la consecuencia final. Las piezas del puzzle están muy revueltas; ni siquiera tiene la certeza de cuál debe servirle de punto de partida. Quizá Frank, el conserje...

Porque la ficha personal que le han enviado desde Washington justifica toda clase de prevenciones respecto del individuo. Nacido en Texas, tuvo una juventud turbulenta, con varias condenas por hurto y estafa. Fue movilizado durante la guerra del Vietnam y su hoja de servicios como soldado es, por el contrario, excelente. Herido en una pierna y repatriado, volvió a su vida irregular, ahora en actividades delictivas de mayor fuste; hasta el punto de pasar tres años en la cárcel, por complicidad en un atraco a mano armada. En 1991 abandonó Texas, trasladándose a California, y fijando allí su residencia; tan largo viaje, piensa Martínez, sólo se justifica por el deseo de avecindarse en un estado muy alejado del suyo, donde no fuera conocido, para allí intentar cambiar de vida. Pues lo cierto es que, contratado por el Ritz Carlton como camarero, su buena conducta y excelente trato con los clientes le permitieron un rápido ascenso, hasta ese puesto de conserje que ahora desempeña, a plena satisfacción de la empresa, según dice el informe reservado.

El detective cree en las intuiciones; es más, está convencido de que resultan fundamentales en su trabajo. Así que se lleva un alegrón cuando el agente Collison le da una noticia que confirma sus recelos respecto a Frank:

—Esta mañana, a las once y quince el policía Stevenson, que estaba franco de servicio, ha ido al Ritz Carlton. Aparcó el coche en la calle, no en el patio frente a la fachada del hotel; entró y mantuvo una conversación de algo más de doce minutos con el conserje, a quien sin duda conocía. Hay que advertir que de esa duración deben restarse cuatro o cinco minutos de interrupciones, por tener que atender el conserje a dos clientes y tres llamadas telefónicas. Se despidieron muy efusivamente y Stevenson, que obviamente, vestía de paisano, le hizo un gesto de OK con los dedos a Frank, cuando ya se marchaba.

Martínez se rasca el cogote, según costumbre; va hacia la pizarra de *Suspicious*, traza otra raya más debajo del nombre de Stevenson y dos en el de Frank, y queda meditabundo, con la mirada fija en el encerado. La llegada de Callaghan le saca de sus cogitaciones.

—Vamos a tener visita, Jonathan. Acabo de recibir un fax de Madrid comunicándome que mister Canillejas llega mañana.

—¿Para qué?

—Dicen que para colaborar con nosotros en lo que respecta a la presunta intervención de Roldán en el *Cup's case*; que trae nuevos datos sobre el individuo en cuestión.

—No nos servirán de mucho. Mire esto...

Le señala la pizarra.

—Aumentan las sospechas sobre Stevenson, ¿eh? Y también veo que apuesta fuerte por Frank...

—Esta mañana se han entrevistado. Es claro que se conocían; con lo cual, cabe suponer que actuasen en complicidad.

—Pero de ser el conserje el autor del cambiazo, como en principio pensamos, ¿qué falta le hacía el otro, que hasta el mediodía no aparece en el Rose Bowl?

—Pudo encargarse de ocultar la copa, una vez que el conserje la sacó del hotel por la puerta de servicio, tras haberla tenido escondida. En principio, Frank tenía que resultar potencialmente sospechoso, dada su vinculación con el hotel; en cambio, el policía, no. Pero hay unas zonas oscuras en la actividad de Stevenson la noche del domingo; su coartada con la muchacha pelirroja a la que liga en Gazzari's no tiene por qué cubrir el tiempo que va desde las nueve, en que salen hacia el motel, hasta cerca de la una de la madrugada, que es cuando él regresa a su apartamento.

—Más de tres horas, en efecto. Aunque

bien pensado, cuando los jóvenes se meten en sexo...

—Pueden acabar en un pis-pas. ¿O ya se le ha olvidado, Callaghan?

Sonríe el teniente; Martínez sigue:

—No hemos podido identificar a la chica, que es la única capaz de aclararnos a qué hora la dejó Stevenson. Creo que él no miente cuando dice que no tiene idea de quién era.

—Insinúa que pudieron separarse alrededor de las once; entonces, Stevenson se reunió con Frank y éste le entregó la copa...

—Aunque legalmente tenía razón, no dejó de extrañarme su rotunda oposición a que registrase su apartamento. De ser inocente, debió haber dado todas las facilidades...

—Quizá sea un puritano de la ley; hay muchos en el país...

El detective ha tomado una cuartilla y traza sobre ella varias líneas, alguna figura geométrica, círculos concéntricos. Sin dejar de dibujar, sigue exponiendo su teoría:

—Así que voy a partir de estas premisas. Frank, por su trabajo en el Ritz Carlton, tiene más posibilidades que nadie de acceder a la caja de seguridad donde se guarda la copa original. Posee las llaves de la puerta acorazada y no debió de resultarle imposible conseguir una copia de la de la caja número veinte. Como muy bien observó usted, en su declaración cometió un grave error: admitir que sabía que en ella estaba la dichosa copa, sin que de sus anteriores explicaciones resultase razón alguna para tal conocimiento. ¿Me sigue?

—Perfectamente.

—Frank termina su trabajo a la una de la

madrugada del sábado al domingo; a esa hora, no hay nadie en los salones ni en los pasillos del hotel. De modo que puede bajar a la cámara acorazada, abrir la puerta doble con sus propias llaves...

—Perdone, ¿no tendría que habérselas dejado al conserje que le relevó?

—Habrá que averiguarlo. Aunque podría tener un duplicado. Sigo. Abre también la caja de seguridad y da el cambiazo.

—¿Dónde guardaba la falsificación?

—Quizá en la lavandería; en cualquier estante lleno de ropa.

—Un excelente escondite, sí señor.

—Se lleva el original a su domicilio... o lo deja también en la lavandería. En todo caso, sabe que tiene diez horas por delante, porque nadie se apercibirá de la suplantación hasta el momento del partido.

—O al retirar la copa, para llevarla al estadio.

—Una hora menos; pero tenga en cuenta que la copa está dentro de un estuche y, por tanto, quien la recogiese no advertiría la sustitución. Por eso tuve tanto empeño en precisar lo del estuche, que por cierto, Stevenson negó.

—Fue una de sus *gaffes*...

—Como su insuficiente coartada para la noche del domingo. Insisto: pudo dejar a la chica alrededor de las once y reunirse después con Frank, quien le entregó la copa.

—... que ahora tiene en su domicilio.

—Ahora me imagino que ya no... Recuerde su estancia en el hotel Marine Pacific, al que llega con un paquete que después desaparece.

Martínez ha llenado la cuartilla de dibujos sin sentido.

—Claro que queda un punto por aclarar...

—¿Uno sólo...?

—Estamos hablando en hipótesis. Hacer una copia de la verdadera Copa del Mundo, tan similar que pueda inducir a confusión, no es barato. He pedido presupuestos a distintos orfebres; ninguno baja de los diez mil dólares. ¿Son capaces Frank y Stevenson de reunir semejante cantidad?

—Por los informes que tenemos sobre sus cuentas bancarias, evidentemente, no.

—Luego necesitarían un tercer cómplice: el financiero.

A Callaghan se le ilumina la mirada:

—¡Luis Roldán! —casi grita.

—¡Tiene razón! ¿Cómo no se me había ocurrido? Eso justifica su presencia en la recepción del Ritz Carlton, sus andanzas la víspera por Los Ángeles, su desaparición súbita... La hipótesis empieza a tomar visos de credibilidad, Callaghan...

—O sea que la visita del funcionario español puede resultarnos muy provechosa. Habrá que atenderle debidamente...

—Usted se encargará de ello...

—Pero yo no hablo su idioma. Ni él, inglés.

—Entonces, me tocará aguantarlo a mí. En fin; por lo menos me pondrá al corriente de cómo anda el Real Madrid...

Feliciano aguarda turno en el mostrador de la compañía Delta, en el aeropuerto internacional de Barajas, para facturar el equipaje y chequear su billete (de primera clase, naturalmente). Una azafata muy risueña le pregunta:

—¿Esta maleta es suya?

—Sí, señorita.

—¿La hizo usted?

—¿Cómo que si la hice?

—Quiero decir, si la llenó usted mismo.

—No; mi mujer.

—¿Y estaba usted delante?

—Pues sí.

—¿La ha abierto durante el trayecto hasta el aeropuerto?

—No.

—¿Se la ha traído alguien hasta aquí?

—Yo mismo.

—¿Le consta que su contenido es el mismo que cuando la dispuso su señora?

—Naturalmente.

—Muchas gracias. Es un trámite convencional, ¿sabe?

Un trámite convencional y estúpido. Aunque algo se ha mejorado; hace unos años, también se preguntaba a los pasajeros con destino a los Estados Unidos si prometían no atentar contra la vida del presidente.

Las primeras nueve horas de vuelo, hasta Atlanta, pasan para Feliciano sin apenas darse cuenta. Entre el aperitivo, la excelente comida, unas copas de sobremesa y la película (que por supuesto, no entiende, porque no está doblada), termina por caer en un dulce sueño, que le permite olvidarse de la desazón que le produjo en las horas previas la aventura de su primera travesía del Atlántico. La azafata habla rudimentos de castellano; los suficientes, sin embargo, para que le entere de sus más elementales deberes como viajero. El departamento de primera solamente lo ocupan él y un americano tan gordo que han tenido que facilitarle un suplemento para el cinturón de seguridad, que no abarcaba su voluminoso vientre.

Pasa sin problema la aduana en el aeropuerto de Atlanta —dos horas de escala— y los problemas comienzan cuando deduce que tiene que trasladarse a otra área, la de vuelos nacionales (o sea, *domestic flights*) tan alejada de aquella donde está, que los pasajeros son transportados en un ferrocarril subterráneo, con dos estaciones, para mayor confusión. Vaga Feliciano de un lado para otro, a lo largo de pasillos inacabables, de tiendas y de cafeterías y, sobre todo, de carteles que prohíben enérgicamente fumar; eso es lo único que entiende, por el logotipo internacional. En su despiste, se mete en una zona acotada con gruesos cordones, de los que pende un letrero advirtiendo «NO ENTRY».

Pero no debe fijarse, ya que la traducción tampoco resulta excesivamente ardua; un gigantesco agente de seguridad se interpone en su camino, le detiene con un gesto poco amable y le suelta una parrafada en inglés. A Feliciano sólo se le ocurre decirle:

—¡Váyase a la mierda!

Y ante su sorpresa, el agente replica, en correcto castellano:

—Usted primero, señor…

Aquél será el comienzo de una cordial relación. Ríen los dos, ofrece Feliciano sus excusas, se divierte mucho el mexicano (es nacido en México, según le explica) con la plancha y gracias a su ayuda, consigue el atribulado pasajero llegar a la puerta de salida del nuevo vuelo hasta Los Ángeles, que está nada menos que en la segunda estación del tren subterráneo. Esta vez, las cuatro horas del viaje se le hacen largas; no consigue dormir y para colmo de desdichas, ninguna de las azafatas tiene la menor noción de idioma distinto del suyo. (Sabida es la prepotencia de los ciudadanos USA, que parten, como axioma, del supuesto de que todo el mundo tiene la obligación de hablar inglés. O, mejor dicho, esa lengua que ellos usan y que tiene un lejano parecido con la de Shakespeare.)

En el aeropuerto de Los Ángeles, el agente Collison mantiene en alto un cartel escrito a mano, donde se lee «MISTER CANIYEGAS», pero que basta para que el interesado se dé por aludido y se presente. Los reducidos conocimientos que aquél tiene del español son suficientes para que se entiendan:

—Teniente Callaghan —explica— se excusa, *please*, no poder estar *here, very*, trabajo. Mí ser Michael Collison, *local police's member.* Mí llevar usted *to hotel...*

Media hora de camino por autopistas y avenidas que parecen no acabarse nunca. Es noche cerrada y Feliciano no distingue más que los faros de los automóviles, los constantes indicativos de las carreteras y, de vez en vez, luminosos que rematan rascacielos con todas las luces encendidas. Mira su reloj; las seis de la mañana. Pero en España, claro; aquí son las nueve de la noche. Lo pone en hora local, cuando ya están llegando al hotel Westin Bonventure, en Down Town. Allí espera el detective Jonathan B. Martínez, que al hablar en castellano, recuerda con deleite sus años pasados en Torrejón.

—Bien venido a Los Ángeles, señor Canillejas. Soy el detective Martínez, del FBI.

—¿Martínez? Claro, por eso habla tan bien el español —sonríe Feliciano.

Se estrechan las manos efusivamente.

—Usted me dirá en qué puedo servirle. ¿Quiere cenar? ¿Prefiere que demos una vuelta por el centro de la ciudad? ¿O está cansado y le vendrá mejor retirarse a la habitación?

—Eso, eso —elige—. Es mucho tute, la verdad; catorce horas de vuelo y, además, el cambio horario, que te destempla el cuerpo...

—Ciertamente. Entonces, hasta mañana; a las ocho pasará a recogerle el agente Collison para llevarle a la oficina del FBI, donde estaremos esperándole Callaghan y yo. Debe traer consigo toda la documentación y datos que disponga sobre el sospechoso, mister Roldán. Le anticipo las más recientes novedades de la investigación: aumenta la probabilidad de que Roldán esté implicado en el *Cup's case*...

Feliciano celebra mucho la noticia, aunque sin traslucirlo. Y se despide del detective y sube a la habitación, y sin deshacer el equipaje, del que tan sólo saca el pijama, cae rendido sobre la amplísima cama y a los pocos segundos duerme tranquilo. Como no hubo libaciones previas, sus ronquidos son suaves, melódicos, susurrantes, dulcísimos...

Martínez se ha reunido con Callaghan en la cafetería de siempre.

—Bien, ¿qué impresión le ha producido el español?

Mientras rellena la pipa con las fibras rubias y esponjosas de tabaco, el detective explica:

—Solamente hablé con él unos minutos. Puedo, sin embargo, anticiparle que se trata de un nuevo rico hortera, sin ninguna clase, de carácter tenaz, que por vez primera visita América. Carece de trato social y fuma tabaco rubio, aunque no demasiado.

—¡Vaya! Le ha dado la fiebre deductiva. A ver: explíquese.

—Sólo un nuevo rico estrena traje para realizar un vuelo de catorce horas; sólo un hortera lleva, además, corbata verde, de rayas, con pasador y la combina con una camisa azul oscuro, también de rayas. Tiene tan poca clase, que no le da las gracias al agente Collison por haberle acompañado hasta el hotel. Su tenacidad se demuestra en el hecho de que estrenase también zapatos, que le vienen estrechos, obligándole a andar con dificultad; pese a lo cual, no se afloja los cordones. Comprenderá que la deducción de que éste ha sido su primer salto del Atlántico resulta consecuencia inmediata de todo lo anterior: tan sólo un neófito, además, cursi, es capaz de hacer el viaje vestido de punta en blanco.

—Me tiene asombrado, Jonathan...

—Carece de trato social: un caballero, por cansado que esté, no se marcha a dormir sin tomar siquiera una copa con la persona que le está esperando. Elemental, ¿no cree? Por último, las suaves manchas que ensucian sus dedos anular y corazón de la mano derecha constituyen indudable síntoma de que fuma, aunque poco, y cigarrillos rubios. Los negros dejan huella mucho más oscura.

—Estupendo. Ojalá estas conclusiones sean un anticipo de que también las que ha extraído sobre el *Cup's case* van a confirmarse.

—Ojalá, sí. Aunque tendremos que hacerlo todo nosotros; el tal Canillejas no nos servirá absolutamente para nada.

—¿Siguen las deducciones?

—Puro sentido común: ¿es lógico que no se interesara nada más llegar y aunque fuese de manera rutinaria por el asunto que le trae a Los Ángeles? Y cuando le anuncio que las más recientes investigaciones desvelan presuntas complicidades de Roldán, no hace el menor comentario; sólo dice que tiene sueño. ¿Cree que es ésa la actitud normal de un policía, atrapado en un tema importante? Ya, ya sé que este tipo no es policía; pero tampoco aparenta la menor inquietud, en cuanto funcionario del gobierno español.

—Esperemos, al menos, que nos aporte algún documento o dato importante.

—Tampoco lo creo. Viaja sin maletín de mano; sólo con una gran maleta. En una gran maleta no se llevan papeles importantes, mezclados con las camisas y con las mudas de ropa interior.

—Mañana lo veremos. Hasta mañana.

—Hasta mañana.

Feliciano ha dormido diez horas seguidas, recuperando con ello —en parte— su estabilidad. Lo primero que le preguntan los investigadores americanos es si el gobierno español tiene alguna idea del paradero de Roldán.

—La confusión es grande —reconoce—. En los primeros días, recibimos centenares de informes espontáneos, de supuestas delaciones, que sólo sirvieron para enmarañar más el tema. Un chino aseguró en Madrid que Roldán le había agredido por la calle; una buena señora juró haberle visto en Lourdes, disfrazado de conductor de un autobús con peregrinos; otra le identificaba vestido de mendigo, pidiendo limosna a la puerta de la catedral de Notre-Dame, en París; nuestros servicios de Inteligencia, que son muy eficaces, detectaron su presencia sucesivamente en el Kurdistán, en Alaska, en Crevillente (Alicante), en Zambia, en Lichtenstein, en Almunia de Doña Godina y en Frankfurt. Por desgracia, desaparecía de todos esos lugares en cuanto se le intentaba detener.

—Lo que resulta indudable es que ese sujeto mueve muchos millones de dólares...

—De dólares, de pesetas, de libras y de yens, sí, señor. —Feliciano lo dice con cierto orgullo patriótico—. En realidad, aún no podemos fijar ni por aproximación el dinero que se ha llevado.

—¿Y el gobierno no se enteraba de nada? —inquiere Callaghan.

—De nada. Desde el presidente hasta el último subsecretario, son todos tan decentes, tan honestos, tan puros, tan íntegros, tan probos y tan cabales, que en sus limpísimas mentes no caben el engaño ni la felonía. ¿Cómo iban a suponer tamaña falta de educación por parte de un director general de la Guardia Civil y militante del partido?

Iba a comentar algo Martínez (y algo poco cariñoso para Feliciano y su gobierno) cuando le anuncian llamada desde Río de Janeiro. Pasa al teléfono de la habitación contigua, y habla con Souza Corvinho.

—Tengo algo estupendo que contarle, mi buen amigo —dice el brasileño—; me parece que le daré un alegrón. Se trata del personaje misterioso de la bolsa al cuello que da la vuelta al campo junto con el grupo de jugadores y otra gente...

—El sospechoso número cinco... El desconocido...

—Pues ya no.

—¿Cómo dice?

—Que se trata de Waldemar Paradela Moura, representante de una fábrica de cervezas de São Paulo, muy conocido allí por sus delirios futbolísticos.

—¿Está seguro?

—Pues claro, mi buen amigo. Él mismo se presentó cuando supo que andábamos intentando descubrir la personalidad del hombre de la bolsa y la cara oculta. Mire, nosotros quedamos muy lejos de la eficacia del FBI, pero en nuestra modestia, también nos defendemos. En esta ocasión, se me ocurrió difundir una foto del grupo de personas corriendo por el estadio en todos los periódicos, y ofrecer un buen pellizco de cruzeiros para quien identificara al misterioso sujeto cuyo rostro no se veía. Y ya le digo: el propio interesado se presentó.

El detective Jonathan B. Martínez no puede impedir que le domine una sensación de fracaso; quizá, hasta de ridículo. Verdaderamente, las técnicas de la policía brasileña no pueden resultar más elementales, más rudimentarias. Ni más eficaces.

—Pues reciba mi sincera felicitación por ese éxito, Souza. Muy de veras se lo digo...

—Ya lo sé, amigo Martínez. ¿Qué tal Callaghan?

—Tan preocupado como yo con este enredo; pero empezamos ya a construir una hipótesis de trabajo bastante sólida. Ya le explicaré, cuando la tengamos más elaborada.

—No dudo de que lo resolverán. Un abrazo, amigo...

—Otro muy fuerte, Souza...

A punto de colgar, el brasileño recuerda:

—Por cierto; anoche cené con Dos Santos, que me dio saludos para ustedes.

—Devuélvaselos. ¿Qué tal sus amores?

—Ya nada. Se terminaron.

—¿Pero no iba a casarse con la bella jovencita?

—Reconozco mis culpas; yo no veía claro el asunto, así que tenía montada una discreta vigilancia alrededor de la chica, la tal Aurora...

—Muy atractiva, por cierto.

—Un pendón, lo que se dice una furcia. Está liada con un rico propietario de Brasilia, a quien le saca sus buenos dineros, que después invierte en un tal Joe, un macró de la peor ralea... Y mi viejo amigo Armando, en la inopia...

—Habrá sido un golpe muy fuerte para él...

—Ya se recuperará; lo importante es que hemos evitado que se consumara una verdadera estafa. Un engaño descomunal...

—Más vale así, en efecto...

Martínez vuelve a la habitación donde le esperan Feliciano, Callaghan y el agente Collison, que intenta hacer de intérprete entre ellos.

—Atención, teniente... Fíjese...

Se acerca a la pizarra, agarra el paño y borra de la columna *suspicious* el quinto nombre: el desconocido hombre de la bolsa. Y a continuación, borra también la opción D. El teniente Callaghan no puede disimular su sorpresa.

—O sea, que por fin reconoce lo insostenible de esa opción...

—Era mi preferida, bien lo sabe —suspira el

detective—. Pero al ser identificado el individuo de la bolsa, es forzoso descartarla de modo definitivo. Porque nuestro amigo Souza ha conseguido dar con el personaje que tanto nos inquietaba; acaba de comunicármelo.

—¿Y cómo fue? ¿Por ordenador?

—Mucho más sencillo. Poniendo un anuncio y ofreciendo recompensa...

—No había caído en esa posibilidad. Es tan vulgar...

—En efecto; en estos tiempos de tan avanzadas tecnologías, resulta casi una afrenta...

Guardan silencio; ambos coinciden en sus pensamientos. Por un lado, la tristeza de ver desvanecerse una hipótesis de trabajo ciertamente apasionante, precisamente por ser quimérica. Por otro, el rubor que les produce no haber caído en recurrir a un sistema tan manido como eficaz para averiguar datos desconocidos.

Feliciano, absolutamente fuera de situación, ignorante de todo, rompe la pausa, para dirigirse a Martínez.

—Lo que he notado es que aquí hay gente gordísima; parecen monstruos...

No le hacen ningún caso.

DOCE

Feliciano había dormido placenteramente; ya se sabe que la segunda noche después de un viaje trasatlántico es la que de verdad descansa. Se levantó, pues, lleno de vitalidad, dispuesto a soportar la pesadez de los americanos, siempre con la obsesión del *Cup's case* como única razón de su jornada, pero confiando en poderse quedar libre de ellos a partir de la tarde. A fin de cuentas, pensaba, su misión ya estaba más que cumplida: aunque por causas puramente fortuitas y, por supuesto, ajenas a él, la presunta culpabilidad de Roldán se había reforzado en las últimas horas. Llamaría a Madrid, se apuntaría el mérito de lo ocurrido y convencería a su ministro de la conveniencia de permanecer dos días más en Los Ángeles. Para disfrutar (eso no iba a decírselo, claro) de los encantos frívolos de la ciudad, tantas veces contados en las películas.

A las nueve y media en punto le recogió el agente Collison, con quien había simpatizado mucho y cuyo extraño castellano ya conseguía entender bastante bien.

—Ha llegado un fax *for you* —le comunicó.

—¡Vaya por Dios! ¿De qué se trata?

—¡Oh, sir, mí no leerlo! Mister Martínez decirlo.

El fax, firmado por Belloch, no podía ser más escueto: *Telefonea urgentemente. No importa hora.* Eran alrededor de las diez, las siete de la tarde en España: inmejorable momento. El ministro estaría en su despacho, seguro.

Efectivamente, estaba. Sin dejarle hablar, Feliciano comenzó a relatarle su versión de lo sucedido la víspera; le habían dejado solo en el despacho y de esta forma pudo magnificar su intervención.

—Todo ha ido colosal; esta gente estaba dispuesta a borrar ya a Roldán de la lista de sospechosos, pero les he convencido, tras una larga discusión, de que puede estar en el ajo.

—¿Y qué?

—Pues que ahora lo consideran el primero de los posibles responsables de lo que ellos llaman el *Cup's case.* Ya sabes, el caso de la copa...

—Dales los últimos datos que hemos conseguido sobre las granujadas de ese sinvergüenza. Se gastó tres millones de pesetas durante un fin de semana en Barcelona, cuando los Juegos Olímpicos.

—¿En un día?

—Sí, en un solo día.

—Pues eso tiene mérito, oye, porque no debe de ser sencillo...

—También nos hemos enterado de que tiene cuentas corrientes en Panamá, Suiza, Francia, Inglaterra, Alemania y San Bartolomé.

—¿Y eso qué es?

—Digo yo que algún país raro; bueno, pues enhorabuena por tu éxito y atiende: debes regresar hoy mismo.

—¿Hoy mismo?

—Felipe ha convocado de improviso un consejo de ministros en Barcelona; no sabemos por qué, pero sin duda se trata de alguna urgencia imprevista. Quizá los incendios...

—¿Pero sigue habiendo incendios?

—Y terribles; sobre todo en Cataluña. A lo mejor, el gran jefe quiere tener un gesto de solidaridad con nuestro muy querido Jordi; no sé, no sé nada. Únicamente que todos los ministros hemos sido citados para mañana. Yo, al menos, estaba en Madrid; pero a la mayoría les coge de vacaciones.

—Menuda faena...

—Cambia tu billete de vuelta; sólo tienes que alargarlo hasta Barcelona, porque en el regreso, el avión hace una escala corta en Barajas y después sigue hasta allí.

—Bueno, bueno; como mandes.

—Te vas al hotel Princesa Sofía, donde nos reuniremos todos.

—De acuerdo. Hasta mañana.

—Hasta mañana. Y otra vez enhorabuena, macho...

—Gracias.

—Oye, ¿invitaste a esa gente a pasar unos días en España?

—No les he dicho nada todavía...

—Pues si te parece que todo está encarrilado, mejor será que nos ahorremos el coñazo. Eso sí, diles que les enviaremos unas cajas de vino. —El biministro tiene un inesperado rapto de humor—. Por cierto, que hay un tinto, marca Luis Roldán, que sería el más propio... Un abrazo, tú...

—Otro...

Feliciano regresa desolado junto a los americanos; se le ha frustrado su juerguecita. Jonathan B. Martínez parece interesarse mucho por el detalle de las cuentas corrientes de Roldán.

—Avise a Washington —indica a Callaghan— para que averigüen si hubo alguna transferencia desde esas cuentas a cualquier lugar de los Estados Unidos. Podía ser la financiación para la réplica de la copa.

Lamentan (de boquilla) que su buen amigo, mister Canillejas, tenga que marchar con tanta urgencia; se excusan por no acompañarle hasta el aeropuerto. Lo hace el agente Collison; él sí que deplora el inesperado regreso de Feliciano, porque, tal como le encargó, le había dispuesto un buen programa vespertino.

—Eran dos *girls very* guapas; de toda confianza. Ellas estar ilusionadas por conocer *spanish man, latin lover.* Gran fiesta preparada, cena en apartamento, *dancing*, champán, y lo que usted quería...

No sabe decirlo en español, pero hay gestos comunes (y harto explícitos) en el lenguaje internacional para suplir la falta de vocabulario erótico.

—¡Qué le vamos a hacer, Michael! La política es un sacrificio continuado...

Le agradece la gestión con una propina tan generosa, que el agente no duda un segundo en aceptarla. Y le lleva la maleta y le acompaña hasta la misma escalerilla del avión y está a punto de abrazarle, aunque recuerda que va de uniforme y eso le contiene. Las azafatas, ante la presencia de Collison al pie del aparato, imaginan que aquel viajero debe de ser alguien importante y le regalan sus mejores sonrisas y le abruman con sus atenciones. En Atlanta, otra vez cambio de aeroplano; sin tantos problemas como a la venida, porque Feliciano se ha aprendido la lección.

Las nueve horas hasta Madrid se le hacen esta vez muy pesadas. Ahora es el sobrecargo, un rubiasco muy simpático, quien habla español. Gracias a él, se recupera nuestro hombre del susto monumental que se había llevado interpretando mal un titular del *New York Times*: sus rudimentos de inglés le permiten saber que *married* quiere decir matrimonio o cosa de bodas. Y de pronto, creyó leer que Michael Jackson (a quien, por cierto, le tiene manía) se había casado con la Preysler. De inmediato, pensó en el disgusto tan tremendo que se habría llevado su amigo Miguel Boyer y en que la filipina no tenía remedio y en que la oposición le sacaría provecho al escándalo conyugal. Afortunadamente, el sobrecargo le sacó del error.

—No Preysler; es Presley, la hija de Elvis, el gran rockero. Lise Marie Presley... —Y añadió por su cuenta—: Una boda rara. También Michael Jackson, muy raro...

Feliciano pudo así dormir tranquilo, aunque apenas cuatro horas. El avión hizo en Barajas una escala de veinte minutos y cuarenta y cinco más tarde tomaba tierra en El Prat. Cuando llegó al hotel se encontró con una nota del ministro: hasta las cinco de la tarde no le necesitaba.

Así que se metió en la cama, naturalmente.

La sorprendente decisión de Felipe González extrañó a alguno de los miembros de su gabinete, disgustó a otros y fastidió a todos. Pero Javier Solana repetía a sus colegas, a medida que iban llegando al palacio de Pedralbes:

—Él (aunque no fuese comienzo de oración, también se hubiese escrito en mayúscula, cual corresponde: Él) siempre toma la decisión oportuna, en el momento justo, aunque a los demás pueda resultarnos incomprensible. Pero es que los demás, aun los mejores, ¡estamos tan lejos de Su sabiduría!

Cierto que el activo ministro de Exteriores había tenido aquel mismo día, 15 de agosto, a primeras horas de la mañana, cuando antes que ningún otro despachó con el presidente, una acabada prueba de esa Su sabiduría.

—Perdona, jefe —osó decirle—, ¿te diste cuenta de que hoy se celebra en Madrid la fiesta de la Virgen de la Paloma?

—¿Y por qué crees que os he convocado precisamente en este día? Nuestra entrañable relación con Cataluña exigía una prueba definitiva de adhesión a los nobles ideales de su Honorable Presidente. ¿Y cuál mejor que demostrar que nada nos importa que a estas horas, en la mesetaria capital del Estado, anden de procesión y de chotises y de mantones de Manila? ¿Cabe ejemplo más convincente de que el que aquí llaman Gobierno Central no es en absoluto centralista?

A Solana se le iluminaron los ojos, la sonrisa y hasta la barba.

—¡Admirable, Felipe, prodigioso! ¡Insuperable!

—Mi idea alborozó tantísimo al bien amado Jordi, que estaba empeñado en que celebrásemos el Consejo de Ministros en el Palau de la Generalitat. Sin embargo, quizá hubiera sido *demasié*...

Don Javier vaciló unos segundos, antes de permitirse comentar:

—Claro que lo de reunir al gabinete en Pedralbes puede provocar comentarios desagradables en la oposición y en la prensa canallesca. Aquí reunió también bastantes veces a su Consejo de Ministros el difunto dictador...

—¡No compares! —El presidente se enojó un poco—. ¡Yo jamás me hubiera atrevido a llegar a Barcelona en un crucero de la Armada y desembarcar en la Puerta de la Paz, y pasearme en coche descubierto desde allí hasta Pedralbes como él hacía! ¡Lo menos quince kilómetros, recibiendo aclamaciones! ¡Esas fanfarronadas no son propias de un presidente socialista!

—Por supuesto, por supuesto...

—Todo será muy distinto, ya lo verás. Ni el más cerril de nuestros enemigos podrá encontrar el menor paralelismo con aquellos viajes de Franco.

Tenía toda la razón Felipe. El palacio de Pedralbes estaba ahora custodiado no por la repugnante Guardia Mora, sino por una alegre compañía de *Mossos d'Esquadra,* en uniforme de gala, o sea, con chistera y alpargatas. En el patio de acceso al edificio, una cobla interpretaba *La santa espina, L'Empordà* y otras típicas sardanas, que eran bailadas por la *colla* de Gracia, cuya *pubilla* entregaba entre sonrisas una rosa, engarzada con una cinta con los colores de la *senyera,* a los señores ministros a medida que iban llegando. El último en hacerlo fue el presidente del Gobierno, recibido a los sones de *Els segadors,* que escuchó en erecta posición. Aunque en principio se pensó que accediera al primer piso, donde iba a tener lugar el Consejo, trepando por el *castellet* que formaban unos muchachos de San Feliu de Guíxols, razones de seguridad aconsejaron finalmente que lo hiciese por la escalera principal.

El salón de sesiones estaba presidido por la *senyera*, la bandera de Barcelona, la de la CEE e incluso la española. Al tomar asiento los ministros, se extrañaron por encontrar junto a los micrófonos individuales unos auriculares. El vicepresidente les explicó la razón:

—En atención a que nos encontramos en Catalunya, los miembros del gabinete que tenemos esta nacionalidad hablaremos en nuestra histórica lengua. Es por esto que tenéis los auriculares, con traducción simultánea para los foráneos.

La entrada de Felipe en el salón acalló los comentarios de algunos críticos; el pequeño Atienza parecía el más enfadado.

—Podéis sentaros —concedió González.

Abrieron todos sus monumentales carteras y fueron dejando sobre la mesa dossiers, papeles y documentos de trabajo. El presidente descolgó un teléfono rojo que tenía enfrente.

—¿Jordi? —se le oyó decir—. Sí, ya estamos todos. Con tu permiso y si te parece, vamos a comenzar el Consejo. ¿De acuerdo? *Mercès*...

Un andaluz intentando hablar catalán es siempre un espectáculo chocante. De modo que el *mercès* presidencial quedó bastante raro.

—Bien; debo disculparme y lo hago en seguida, por haberos fastidiado las vacaciones. Pero un gobierno socialista, lo repetiré siempre, un gobierno socialista está por encima de convencionalismos, protocolos y tradiciones, porque esas tradiciones y esos convencionalismos, bien lo sabéis, están en pugna, o sea, que no se acomodan con la dinámica fértil, yo diría que cósmica, eso es, cósmica, de nuestro sentido de la gobernación del país... —Sacó una píldora de una cajita dorada y se la tragó ayudándose con un largo sorbo de agua mineral (sin gas)—. Decidí que nos reuniéramos en Consejo de Ministros extraordinario en Barcelona, como un homenaje a Cataluña; digamos que lo mismo que aquel, tan hermoso, que escribió Hemingway...

Narcís le apuntó, en voz tenue:

—Orwell...

—Orwell, claro. Pensé, incluso, invitar a que esta reunión la copresidiera conmigo nuestro muy amado, el Honorable Pujol; pero su innata modestia, su franciscana humildad, le aconsejaron declinar la oferta... Además, está muy cansado porque ayer mismo culminó una hazaña deportiva que demuestra su magnífico estado de forma física: imaginaos que ha llegado hasta lo alto *dels Estats*...

Inoportunamente, la traducción simultánea vertió al castellano:

—... ha llegado hasta lo alto de los Estados.

Felipe se vio precisado a aclarar:

—Quiero decir que ha subido con Marta, su señora, y dos de sus hijos, hasta la cima de la *Pica d'Estats*, en el Pallars Sobirà. Nada menos que 3.413 metros de altitud, la mayor del Pirineo catalán.

Interrumpió Pérez Rubalcaba:

—Si te parece, como vamos a repartir unas medallas de oro al mérito deportivo a los atletas que tan requetebién han quedado en Helsinki, podíamos concederle también una al Honorable...

—No es mala idea. Toma nota para recordármelo. Sigo. Pensad todo lo que representa para nosotros en estos momentos mi muy querido

Jordi, o sea, el CiU. La gobernabilidad del país, nada menos. Y la gobernabilidad del país es tanto como decir la supervivencia, la continuidad de nuestra tarea abnegada y a veces heroica, sí, a veces heroica. Cuanto hagamos para acreditar nuestra gratitud, será siempre escaso para los méritos de estos catalanes de élite, que nos apoyan con tanta generosidad, con tanto desinterés, con tanta munificencia. —Se dirigió a Solbes—: Por cierto, en cuanto acabemos el Consejo tienes que irte a ver a Macià Alavedra; no sé qué pegas encontraba en varias partidas del proyecto de Presupuestos Generales del Estado. Por supuesto, debe de tener razón.

—Como siempre —confirmó el ministro de Economía.

Felipe hizo otra pausa; esta vez, para encender un largo puro. Animados por su ejemplo, los ministros también adictos a la nicotina prendieron sus modestos cigarrillos; hasta en tan pequeños detalles demostraban su respeto.

—Vamos a ver, Juan Alberto, o Luis Alberto, o como te llames; tú ya me entiendes, Belloch. Hay un problema grave en tu doble competencia y cuando digo un problema grave es porque además de existir un problema, es grave. En cuanto ministro del Interior debes ser partidario de que el gobierno conceda directamente la reinserción de los terroristas que prometan ser buenos chicos. Pero como ministro de Justicia, has de mantener que ese permiso lo otorguen exclusivamente los jueces. ¿Cómo resolvemos la dicotomía? —Le interrumpió con un gesto, porque el aludido intentaba responder—. Ya lo tengo pensado. Ni el ministro del Interior ni el de Justicia lo decidirán; como también conviene tener contentos a los del PNV, que se nos estaban distanciando últimamente, lo más oportuno será que lo acuerde Arzalluz.

—A mí ese vasco me cae gordo... —susurró Serra (en catalán, claro).

—Pues a mí, no —intervino Cristina Alberdi—. Yo lo aprecio mucho, desde que era chiquitina y le dirigió unos ejercicios espirituales a mi padre, en su época de jesuita. Gracias a sus consejos, los hermanos tuvimos mayor libertad de expresión y, con el tiempo, pudimos hacernos progres...

—También hay que resolver con Xavier —retomó la palabra el presidente— la cuestión de los embargos a los reinsertados, porque algunos jueces se han puesto muy pesados y no digamos la señora Alvear, que hay que ver la manía que les tiene a los de ETA. Creo que podríamos estudiar compensarlos con un subsidio por arrepentimiento, que incluso fuera algo superior a la cantidad que les embarguen.

—Eso no gustará en las Fuerzas Armadas —opinó García Vargas.

—A propósito, acostúmbrate a decir otra vez Ejército, porque lo de Fuerzas Armadas se presta a pitorreo: apenas tienen armamento.

—Ni casi tenemos Ejército, con la reforma que aprobamos hace un mes.

—Tampoco hace falta. Así nos ahorraremos tener que mandar soldados a Bosnia.

—Que nos sale por un ojo de la cara... —matizó Borrell.

—Ya que hablamos de gastos. ¿Cómo va la *Operación Luna*?

Belloch mostró un dossier encuadernado en verde.

—Feliciano Canillejas, ya le conocéis, regresó ayer mismo de Los Ángeles con magníficas noticias. Los del FBI se han quedado convencidos de la complicidad de Roldán en el robo de la Copa del Mundo de fútbol y se movilizan en su busca.

—A ver si les sale mejor que a nosotros; porque anda que, hasta ahora…

—Ten en cuenta que apenas hace cuatro meses que se las piró. Ahí tienes el caso del famoso Carlos: la policía de medio mundo detrás de él y han tardado veinte años en echarle el guante.

—Sí, eso también es verdad. —Felipe volvió a tomar la palabra—. Tengo que deciros algo que me consta que os preocupa, y como tengo que decíroslo, os lo voy a decir. Me refiero a la creación de varias vicepresidencias, de lo que tengo entendido que están hablando mucho en las dichosas tertulias de la radio. Pues bien; yo no os aseguro que, en efecto, allá para el otoño estime conveniente para el país, fijaos que digo para el país, reorganizar el Consejo designando varios vicepresidentes. No os lo aseguro, pero tampoco os lo niego y cuando ni aseguro ni niego, vosotros sabéis perfectamente cuál es mi intención. Así que ya veremos.

Narcís Serra, con vocecita chillona y mucho guiñar de ojos, preguntó:

—¿Aumentar supondría añadir a la ya existente o crearlas todas nuevas? (Esta vez habló en correcto castellano.)

—Buena pregunta. Que, por supuesto, voy a contestarte. Si añadimos, es que se mantiene la tuya; aunque, *sensu* contrario, si creamos, todo será nuevo, porque la creación parte de la nada, según los teólogos. Es decir, que el dilema está en añadir/crear o si lo prefieres, en crear/añadir, y es obvio que una decisión se contrapone con la otra. ¿Comprendido?

Narcís reprime una lágrima furtiva, mientras el presidente continúa:

—Pero vamos a lo que interesa, porque lo importante debe primar siempre sobre lo accidental, ya que lo accidental no es importante por principio. En los Países Catalanes han padecido, están padeciendo, un verdadero desastre ecológico con la plaga de incendios forestales. De este Consejo han de salir medidas que satisfagan a nuestros muy queridos socios en la gobernabilidad del Estado y les convenzan de que les daremos cuanto les haga falta. Para esto y para todo.

Carmen Alborch pregunta:

—¿También para reconstruir el Liceo? Piensa que en Castilla están muy sensibilizados con el deterioro de la catedral de Burgos.

—¡Pero no vas a comparar! —precisa Felipe—. La catedral es el pasado, la historia, respetable pero muerta; el Gran Liceo es cultura viva, del presente y del futuro. Además, que se las apañe Lucas, que es quien manda en Castilla y León con el PP.

—¿Y qué vamos a hacer con lo de los incendios? —tartamudea Atienza.

—Tú, de momento, envainártela, porque has tenido la poca oportunidad de decir que las competencias en esta materia están todas transferidas a las Comunidades.

Suena el teléfono rojo. Lo coge Felipe.

—Sí, Jordi. Ya lo hemos tratado, desde luego... Sí, eso también... Y del tema de la declaración de zonas catastróficas, con exención de impuestos y otros beneficios fiscales; estábamos hablando ahora mismo... Tranquilo, Jordi, tranquilo... ¡Ah! Le he traído a Marta aquel bonsai chiquitín que tanto le ilusionaba... ¡Faltaría más...! ¿Deseas alguna otra cosa...? Hasta luego, entonces.

Cuelga.

—Antes de seguir con temas generales. ¿Se os ocurre alguna otra medida de gobierno que pueda gustar a nuestros socios de CiU?

El vicepresidente Serra levanta la mano; nuevamente en español, sugiere:

—¿No habría forma de asegurarles que el *Barça* ganará la Liga por quinta vez consecutiva?

Cerca de tres horas duró el Consejo de Ministros extraordinario de Pedralbes. A la salida, los miembros del gabinete se solazaron de nuevo con las sardanas y Atienza estuvo a punto de meter la pata porque, sin duda para hacerse perdonar la plancha de sus declaraciones sobre las transferencias, intentó comparecer ante los fotógrafos de prensa tocado con una barretina. El propio Felipe le destocó de un violento manotazo, a la vez que le increpaba:

—¡No seas bruto, que eso ya lo hizo cuando la dictadura Pío Cabanillas...!

Javier Solana atendió a la prensa, ayudado por cinco intérpretes, ya que, dada la importancia política de la jornada y la masiva presencia de medios informativos de todo el Estado, pareció muy propio que la referencia de lo tratado se ofreciese en catalán, euskera, gallego, valenciano y bable (también en español). El titular de Asuntos Exteriores explicó, en síntesis:

—La historia reconocerá la labor del gobierno del PSOE por erradicar de este país la vieja costumbre de las corrupciones. Seguirá la reforma y modernización de los Ejércitos. Jamás se dialogará con los terroristas. El gobierno celebra poder asegurar que la reactivación económica es indiscutible. El aumento de quiebras y suspensiones de pagos se debe a la irracional actitud de la oposición. Los rumores sobre un reajuste del gobierno allá para el otoño son, en todo caso, prematuros. —Hizo una solemne pausa y engoló la voz para seguir—: Pero lo históricamente trascendental de la reunión que acaba de celebrar el gobierno es que, en su deseo de demostrar su plena disposición de ayuda a los Países Catalanes, y de afrontar los problemas económicos que, por razones fortuitas, se han creado últimamente en esta querida nación, ha tenido especial empeño, de modo muy personal y directo, su presidente, en venir a estas tierras y en ellas convocar Consejo de Ministros, para que nadie dude de nuestra absoluta identidad de criterios políticos con la Generalitat y con su Honorable Presidente respecto del tema de la gobernabilidad del Estado. Por cierto, que también se ha hecho constar la admiración del Gobierno Central hacia don Jordi Pujol, audaz montañero. (Sonrió antes de decir): El señor Pujol, notoriamente, es capaz de subir hasta lo más alto... —Terminó con esta brillante frase—: Permítanme, queridos amigos de los medios informativos, que resuma en cuatro palabras la sensación que nos invade a los ministros después de esta fructífera reunión: Felipe González es irrepetible (1).

Al fondo del nutrido grupo de periodistas se escuchó una voz, con marcado acento de Valladolid, que decía:

(1) *Sic* en *Tribuna*, núm. 330, de 15-VIII-1994.

—Gracias a Dios...

Pero el comentario pasó desapercibido, porque ya habían comenzado los camareros a repartir copas y canapés de butifarra y *bacallà a la llauna.*

Feliciano esperaba en el bar del Princesa Sofía el regreso de su biministro. Andaba por el tercer whisky y se entretenía intentando adivinar el sexo de una rubia (o rubio) de largos cabellos y fino talle, con pantalones ajustados y una arracada pendiéndole de la oreja izquierda, que con la mirada perdida en el infinito y un soberano gesto de aburrimiento estaba sentado/a en la barra y, de cuando en cuando, bebía (a morro) breves sorbos de una botella de cerveza de las grandes.

Durante su larga espera, Feliciano se había leído, aunque más bien por encima, toda la prensa del día: ninguna novedad. *ABC* dedicaba su portada en color a San Sebastián, con una preciosa foto de la playa de la Concha y el estimulante titular: «La capital donostiarra, a tope de turistas, se divierte en la Semana Grande.» Dentro, en las páginas de tipografía, se informaba sobre los doce *ertzaintzas* descalabrados a cantazos por los *abertzales* durante la celebración de la tradicional Salve y los nueve automóviles incendiados y las cargas policiales en el barrio viejo. En la tan leída sección gráfica «Las caras de la noticia» salían Rafael Alberti, que se había dado un paseo por la playa de Sanlúcar, y García Lorca, de quien acababan de descubrirse unos inéditos palotes dibujados a los cinco años en su cuaderno escolar, y Victoria Vera, que estaba guapísima, y Marcelino Camacho, que en páginas interiores publicaba un apasionante artículo.

El editorial del diario postulaba la justicia histórica de nombrar, a título póstumo, Almirante Mayor de la Armada a S. M. don Juan III (*sic* en el original).

El Mundo, en primera, anticipaba la próxima publicación de nuevas revelaciones sobre Roldán; también denunciaba el posible tráfico de influencias de Pere Pujol, hijo de don Jordi, y apoderado de la empresa Entorn, S. L., a la que se habían adjudicado contratos a dedo por valor superior a los 70 millones de pesetas. *La Vanguardia*, en letras muy gordas, resaltaba que había 37 500 parados menos que el mes anterior; y en letras chiquitinas, que la inflación superaba las previsiones del gobierno y que el poder adquisitivo de los españoles es un 25 % inferior al de los europeos. *Diario 16* se hacía eco de unas presuntas declaraciones del obispo Setién, en las que habría insinuado que, en cuanto cambiase el Papa, promovería una campaña en pro de la beatificación de dos jóvenes luchadores de ETA, muertos en defensa de sus cristianos ideales, cuando intentaban volar en Euzkadi una casa-cuartel de las fuerzas de ocupación.

Lo más interesante, sin embargo, venía como de costumbre en el *Marca*. Arancha había vuelto a derrotar a la Graf. Indurain probaba la maravillosa bicicleta con la que pensaba atacar el récord mundial de velocidad en pista. Y continuaba sin saberse nada de Romario; ni de él ni la decisión que pensaba tomar Cruyff respecto de la indisciplinada actitud del goleador brasileño (2).

(2) Ya se vio: diez millones de multa. El brasileño había ganado 150 gracias a su retraso. Así da gusto que le sancionen a uno.

La Villa Olímpica refulge esplendorosa. La recepción que la Generalitat ofrece en honor de sus colegas, los ministros de Madrid, ha congregado a lo más selecto del mundo político, financiero y cultural del antiguo Principado. Llegaron ya Oriol Regàs y Serena Vergano, y los Bofill, y Pere Portabella, y Teresa Gimpera y la Randall, genuinos representantes de la mítica *gauche divine*, que en los años 60 tanto hizo por la democracia, entre copa y porro, entre twist y polvo, en los inolvidables salones damasquinados de granate del glorioso Bocaccio. Mirando al mar, con su gesto enfurruñado de costumbre, Vázquez Montalbán parece meditar sobre el fracaso de su querido detective Carvalho, que aún no ha sido capaz de dar con el paradero del prófugo Roldán. O quizá en la caída del muro de Berlín y en la quiebra del comunismo, tan difíciles (para él) de comprender.

La figura maciza, exuberante, pletórica de vitalidad del conseller Macià Alavedra, con sus poblados cabellos grises y su constante sonrisa, contrasta con la melancólica apariencia de Miquel Roca, un ciprés que aspira a plantarse en el patio de naranjos del Ayuntamiento barcelonés. Carles Sentís va y viene de un grupo a otro de invitados, transmitiendo saludos y presuntas confidencias políticas. Lluís Llach, cada día más calvo, bromea junto al buffet con un señor de luengas barbas, el único que rompe el general decoro en el vestir, pues va en mangas de camisa, una camisa de seda rabiosamente roja, con pantalones vaqueros y sandalias; es un monje de Montserrat, que ostenta la representación del abad del Monasterio.

El Honorable President de la Generalitat, inclinado como la torre de Pisa y como ella, indestructible, aguarda junto a la entrada la llegada de su colega Felip. La brisa hace revolotear el pelo de sus aladares; en su rostro tostado por el sol de los Pirineos, el brillo perspicaz de los ojos revela energía y paciencia, sutileza y perseverancia. A medida que los automóviles van dejando su carga de ministros del gobierno central, don Jordi se les acerca (a los ministros, no a los automóviles) y les tiende la mano; se la tiende, no se la alarga, pues lo hace para significar que siempre les estará pidiendo algo. Y cuando arriba González, ambos dignatarios se funden en un estrecho abrazo, con reiterados palmetazos en las espaldas. La gente aplaude sin demasiado entusiasmo, mientras el presidente español besa la mano de doña Marta Ferrusola y le desea felices saltos en paracaídas.

Recibe Felipe, a continuación, el saludo del alcalde Maragall, que siempre parece estar con sueño atrasado, y el del delegado del gobierno vasco, con rango de ministro plenipotenciario en Cataluña, Andoni Bargas Kortxado, a quien acompaña el morrosko Koldo Etchenike Pagazaurtunduabeligagoitia, campeón de levantamiento de piedras y asesor artístico de la delegación; y de los representantes de los principales estamentos sociales de Cataluña, incluido el clero autóctono. Se sirve una espléndida cena, en la que no falta la famosísima paella a la catalana y hay después baile, de sardanas, obviamente. Son muy aplaudidos los futbolistas azulgranas Stoichkov, Hagi y Koeman, que dando muestra de su sincera integración con la etnia catalana, se incorporan a uno de los anillos danzantes e intentan seguir los difíciles pasos de la milenaria danza.

La Policía Municipal contiene, en las afueras

del recinto, a unas docenas de militantes de ERC, que pretendían boicotear el acto con gritos de *A Espanya, canya* y que blanden una pancarta en la que se pide que el Estat Català rompa sus relaciones diplomáticas con el español. Naturalmente, el apóstol de los independentistas, Àngel Colom (Palomo en Castilla), no ha acudido a la recepción, pese a estar invitado. Tan insigne orate, aldeano con ínfulas mesiánicas, se ha encerrado en su domicilio y, envuelto en una *senyera* con la estrella de cinco puntas, símbolo del irredentismo, manifiesta su enérgica condena por el acercamiento de Pujol hacia el centralismo opresor, quemando solemnemente en una hoguera azuzada con Aromas de Montserrat, las obras completas de Menéndez Pelayo y alguna novela suelta del renegado Eugeni d'Ors.

Feliciano, soberanamente aburrido, intenta ligar, sin el menor éxito, con una elegante señora de traje azul, con descomunal escote; mayor fortuna tiene Terenci Moix, en sus coqueteos con un guapo camarero. Se siguen bailando sardanas, como es obvio, hasta que el *cap* (3) de protocolo de la Generalitat pide silencio, para anunciar con el debido énfasis que, dadas las circunstancias de la fiesta, que certifica el cordial entendimiento entre los gobiernos de la nación catalana y de la española, el vicepresidente de éste, *il·lustre paìssà i tan volgut per tots nosaltres* (4) ha accedido a interpretar al piano algunas piezas.

Entre los aplausos de los invitados, Narcís Serra se sienta frente al piano, ajusta los lentes en el caballete de sus narices y ejecuta el *Virolai* con

(3) Jefe. *(N. del a.)*

(4) ilustre paisano, tan querido por todos nosotros. *(N. del a.)*

mucho sentimiento; sigue con *Baixant de la font del gat* y, en atención al ilustre huésped, *en Felip* González, termina con *Sevilla*, de Albéniz, que ya no le sale tan fina. Pero le ovacionan con simpatía y él lo agradece, visiblemente emocionado. El presidente González le comenta a don Jordi:

—Vale mucho este Narcís. Tanto, que me lo tendré que cargar cuando remodele el gabinete.

—*Així* es la política: *força* complicada. ¿Y cómo se encuentra mi muy respetado *en Joan Carles*?

—Con la lógica preocupación por los problemas últimos; la faena de Roldán ha sido gorda.

—Por cierto, *president*, que yo había pensado en poner a su disposición a mis *Mossos d'Esquadra*, que podrían colaborar eficazmente en la búsqueda de ese granuja.

—Gracias, honorable; tomo muy en cuenta su amable oferta.

—Es claro que el Lluís Roldán podría esconderse en alguna masía de La Garriga, o quién sabe si estará disfrazado de turista nórdica en la Costa Brava. Nuestras fuerzas de seguridad montarían un dispositivo altamente eficaz de rastreo a lo largo y a lo ancho *dels Països Catalans*...

—Se lo diré a Belloch, para que se ponga en contacto con la Generalitat.

Pujol se recoge las guedejas, que el airecillo hacía caer sobre sus ojos.

—Oiga, y sólo les cobraremos los gastos de desplazamiento del personal, la manutención de números y oficiales y la gasolina de sus vehículos... Ojo, y si le encontraran, ya hablaríamos de una recompensa importante. Sería lo justo, ¿no?...

THIRTEEN

La pizarra del detective Jonathan B. Martínez ya tiene menos nombres escritos en su encerado. Las opciones C y D han sido borradas; también, de la lista de sospechosos, desaparecieron el 4, conductor de la furgoneta que trasladó la copa al Rose Bowl y, como sabemos, el 5, misterioso personaje de la bolsa. Se refuerzan, en cambio, el 1 (Roldán), el 2 (policía Edward G. Stevenson) y el 6, personal del hotel Ritz Carlton, ahora concretado en un nombre: Frank Thomsen, el conserje.

A última hora de la tarde del miércoles 17 de agosto, Martínez entra en Gazzari's, el local de Sunset Boulevard donde dicen que se interpreta el mejor rock duro de todo Los Ángeles. Acude como un cliente más e incluso haciéndose el despistado: acaba de llegar de Nueva York, explica al barman, no conoce la ciudad, pero le han dicho que allí, además de buena música, pueden encontrarse chicas encantadoras.

—A mí me gustan pelirrojas, ¿sabe? Alguna habrá, digo yo, con el pelo de zanahoria... —sonríe, mientras alarga un billete de cinco dólares a su interlocutor.

—Las hay de todos los colores, vaya que sí.

Pero no se fíe: depende de la peluca que lleven cada día. Yo diría que pelirroja, lo que de verdad se dice pelirroja, no hay ninguna. Aunque algunas noches puedan coincidir seis o siete. Ya le digo: con peluca.

—Entiendo. Oiga, ¿y sabe de alguna señorita de las habituales que se llame Katherine?

—Así, al pronto, no recuerdo. Pero tampoco haga caso de los nombres; muy pocas usan el verdadero. Ademán, suelen emplear varios distintos; casi tantos como pelucas... —El barman baja la voz, para explicar—: A veces tienen problemas con la policía, ¿comprende? Y de esta manera se hacen menos de notar...

El local está casi lleno y, en efecto, no hay ni una sola mujer pelirroja entre las muchas que se agitan, se desmelenan y se retuercen, acompañando con gritos histéricos el ritmo frenético de la orquesta. Martínez sale de Gazzari's y en su coche va hasta Wilshire Boulevard, donde —según Stevenson— está el motel que ocupó con la chica de cabellos rojizos, llamada Katherine, la noche del domingo 17 de julio: hoy hace justamente un mes.

Pero el detective desiste en seguida de su proyecto de investigar el establecimiento que acogió el fugaz romance del policía y la desconocida muchacha: no menos de treinta moteles se suceden a lo largo de la calle. Pretender sacar algo en claro, sin ningún dato suficiente sobre la pareja, sería perder el tiempo. Así que, sin bajar siquiera del automóvil, se dirige a la playa de Venice. Son cerca de las diez de la noche; los tenderetes y los chiringuitos del paseo marítimo están a reventar de un público chillón y grasiento, mayormente negro, que compra camisetas y gorras, y come auténticos cubos de palomitas y bebe Pepsi-cola con avidez.

El hotel Marine Pacific es un edificio moderno, alejado del bullicio de la playa. Jonathan B. se identifica esta vez como detective del FBI al conserje, a quien el dato no parece impresionar en absoluto.

—Se trata de conocer ciertos detalles sobre una persona que se alojó aquí la noche del veintitrés al veinticuatro de julio pasado. ¿Estaba usted de servicio aquel día?

El conserje es mulato, de labios muy gruesos, muy colorados, y ojos grandes y burlones; habla un inglés endulzado por su deje cubano de origen.

—Yo no sé, señor. Tendría que consultar; hace ya mucho de eso.

—Tres semanas nada más.

—Tres semanitas, fíjese...

—Bueno, pues entérese de si estuvo o no en la conserjería del hotel la noche del veintitrés de julio.

El mulato zumbón se agarra la barbilla y cierra los ojos; indudablemente, está pensando.

—Pues mire, señor, ahora recuerdo que sí que estaba, porque mi compañero Jimmy enfermó a finales de junio y desde entonces, yo no libro ni un solo día. Así me estoy quedando, oiga, tan chupadito...

—La tarde del veintitrés, un tal Thomas Wallace ocupó la habitación trescientos dieciséis. Estuvo hasta el día siguiente, sin salir nunca de ella. ¿Lo recuerda?

—¿Y cómo voy a recordarle, si se pasó el tiempo en su cuarto?

—En la habitación contigua había un matrimonio... Ferguson o algo así. Pero, ¿y en la otra? Porque imagino que la trescientos dieciséis estará entre la trescientas quince y la trescientas diecisiete.

—No, señor.

—¿Es, entonces, final de pasillo?

—Es que los cuartos pares están a un lado y los impares, al otro. O sea, que la trescientos dieciséis se encuentra entre la trescientas catorce y la trescientas dieciocho. O mejor dicho, y ahora que caigo, sólo junto a la trescientos catorce, porque como usted muy bien decía, es final de pasillo.

Martínez comienza a perder la paciencia; pero contiene su genio. Incluso saca un billete de diez dólares y se abanica con él, al tiempo que mira con intención al cubano. Quien comenta:

—Hace calor esta noche...

—Con esto se nota menos.

—Le aseguro, señor, que los billetes de cincuenta dólares refrescan aún mejor...

Vuelve a embridarse el detective la irritación; es más, se pliega al chantaje.

—De acuerdo: cincuenta dólares. Pero has de contarme todo lo que sepas sobre aquella noche.

—¿Y qué pasó tan importante, que a los pocos días ya vinieron unos policías federales la mar de curiosos? Curiosos como usted; pero no tan comprensivos.

—Déjate de pamplinas y al grano...

—Yo sólo sé que el señor de la trescientos dieciséis vino solo y que era muy poco hablador y, usted perdone la manera de señalar, muy tacaño. Subió en seguida a su cuarto y, en efecto, ya no le volví a ver hasta el día siguiente, cuando pagó la cuenta en efectivo, contra la costumbre de nuestros clientes, que suelen hacerlo con tarjeta de crédito.

—¿Y el matrimonio de la trescientos catorce?

—Ella vino primero, una señora muy llamativa, y dijo que el marido llegaría después, poniendo a su nombre el cuarto. Pero yo nunca le vi, o sea que debió de llegar pasada la una de la madrugada, cuando ya está el sereno. Si es que vino.

—¿Vino o no vino?

—Yo diría más bien que no. La señora se fue sola el domingo, poco después que el de la trescientos dieciséis y también pagó su cuenta; pero con American Express.

Al detective Martínez se le ilumina la mirada.

—Busca los datos de la tarjeta en el duplicado de la factura.

—¿No le parece que tendría que abanicarme un poco más, señor?

Jonathan B. pierde la compostura; agarra al conserje por las solapas y le grita, fuera de sí:

—¡Ya está bien! Los cincuenta dólares y ni uno más. Y ahora mismo vas a darme lo que te he pedido...

El cubano se desase, se alisa con parsimonia la chaqueta, abre un cajón y saca un libro de gastadas tapas. Pasa varias hojas y sin decir palabra, se lo muestra al detective, que escribe en su agenda un nombre: Supermercados Willy's. Y unas cifras: 4921-190076- 2363. Después, arroja con desprecio sobre la mesa del conserje un billete de cincuenta dólares.

—Gracias, señor —dice el cubano, acompañando sus palabras de una sonrisa cínica—. Y para que vea que no le guardo rencor, le diré algo más: las habitaciones trescientos catorce y trescientos dieciséis están comunicadas entre sí.

Martínez, al salir, cierra con un portazo tan violento que está a punto de romper la cristalera donde, en letra gótica, está escrito «MARINE PACIFIC HOTEL».

—Vamos, Callaghan, baje esa refrigeración, que esto parece talmente Siberia... —pide el detective, apenas entra en el despacho.

—Pues en la calle están a cuarenta grados y pico...

—Busquemos un término medio, ¿no le parece?

—A mí, el calor me deshidrata.

—Siempre será mejor deshidratarse que agarrar una pulmonía...

De bastante mala gana, el teniente regula el aire acondicionado. Para distender la situación, Jonathan B. Martínez bromea:

—Tenemos que llegar sanos y fuertes al final del *Cup's case*, que no está lejos.

—¿Usted cree?

—Después de mis averiguaciones de anoche, me parece que hemos avanzado bastante. Veremos qué nos dicen desde Washington sobre la titular de esa tarjeta de crédito...

—Vamos a saberlo en seguida...

Y es que acaba de entrar el agente Collison, con unos folios en las manos.

—El fax que esperábamos, señor —dice—. Y otro, de Madrid.

—Ése no importa. A ver el primero.

Lo lee con gesto de satisfacción; según costumbre, la información del banco de datos del

FBI es perfecta. El número de la American Express corresponde a una señorita llamada Jane Crowsley, de la sección de Relaciones Públicas del *holding* Supermercados Willy's, conocida cadena con más de cien establecimientos distribuidos en los estados de California, Kansas y Dallas. Otros empleados de la empresa utilizan también tarjetas a nombre de aquélla, naturalmente con distinta numeración que la de miss Crowsley. Tiene 37 años, es divorciada dos veces, trabaja en la oficina de San Diego y asistió a la fase final de los campeonatos del mundo de *soccer,* para atender personalmente el desarrollo de una campaña de publicidad lanzada por Willy's en los varios estadios donde se jugaron los últimos partidos.

—Bien; habrá que echar una parrafada con miss Jane. O sea que el viaje a San Diego resulta inevitable…

—¿Debo acompañarle? —pregunta Callaghan.

—Salvo que tenga especial interés en hacerlo, no.

—Pues entonces, me quedaré. Al tanto de Frank Thomsen.

—Si es por eso, no lo haga. El conserje se nos ha ido de vacaciones.

—¿Cómo no me lo había dicho?

—No me dio tiempo. Lo supe ayer, poco antes de comenzar mi ronda de investigaciones personales. No sólo se ha marchado, sino que, además, lo ha hecho estrenando automóvil.

—Dato interesante.

—Desde luego; nuestros sospechosos parecen atravesar un buen momento económico. Stevenson se compra un traje de los caros y frecuenta restaurantes de lujo; y Frank, que hasta el momento siempre tuvo coches de segunda mano, adquiere un Chevrolet nuevecito...

—Todo va cuadrando... Supongo que habrá dado orden de que le vigilen durante sus vacaciones.

—Por supuesto; aunque viajando en auto, no será tan fácil.

Ordena a Collison:

—Entérese de qué vuelos hay para San Diego.

—Sí, señor, en seguida. —Le muestra un folio—. Le recuerdo que también llegó este fax de Madrid. Del señor Canillejas.

—Su buen amigo, ¿no es así?

—Bueno, yo... —balbucea el agente.

—Seguro que le pidió que le organizara algún festejo con mujeres y champán.

—Señor, creí que tratándose de quien se trataba...

—Claro, claro. Lo malo es que me imagino que no le daría tiempo de aprovechar sus buenos oficios...

—Efectivamente, no señor.

—¡Qué lástima! En fin, deme su fax. Y vaya a enterarse del asunto de los vuelos.

Collison hace el saludo reglamentario, bastante abochornado, antes de salir del despacho. Callaghan no oculta su asombro:

—¿Cómo pudo saber que mister Canillejas le había hecho ese encargo tan especial al agente?

—Mi querido teniente, tenga en cuenta que pasé tres años en España. Suficientes para aprenderme que lo primero que hace un ciudadano español cuando sale solo al extranjero, sobre todo si es casado, es buscar mujeres. Se trata de una especie de manía o tradición, según queramos llamarlo, que no podía eludir Canillejas y mucho menos, habida cuenta de su obsesión sexual.

—No se la noté...

—Sin duda, porque le trató menos que yo. Pero le aseguro que durante el tiempo que estuve con él, me habló más de las bellezas que pasaban por la calle que del *Cup's case*.

—De acuerdo; ¿pero lo del encargo a Collison?

—Habían trabado cierta relación; se entendían en el mal castellano que habla el agente; estuvieron solos en muchas ocasiones. La deducción era sencilla. Le digo más: aseguraría que le ofreció alguna recompensa; lo que en España llaman propina.

—Que nuestro agente, por supuesto, rechazaría...

—Eso, en cambio, no lo sabremos nunca. Bien, veamos qué dice mister Canillejas...

Lo que decía Feliciano era que el gobierno de don Felipe González había redoblado la búsqueda de Roldán; que más de ochenta policías vigilaban diariamente a sus familiares más allegados y que su esposa, doña Blanca Rodríguez, tenía veintidós agentes a su alrededor. Todo lo cual suponía un gasto al día de tres millones de pesetas.

—¿Cuánto es eso en dólares? —preguntó Callaghan.

—Alrededor de veinticuatro mil.

—¡Canastos! Pues como entre todos no demos pronto con ese sujeto, veo al Estado español en quiebra.

—Lea la prensa económica, Callaghan; tengo entendido que ya lo está hace tiempo. Y volviendo a nuestro tema, que es lo importante. ¿Se le ocurre alguna sugerencia, una vez conocida la identidad de la persona con la que Stevenson pasó la noche del veintitrés de julio?

—Que, evidentemente, fue la que recibió la copa que el policía guardaba en el paquete con el que llegó al hotel Marine Pacific y que ya no llevaba al marcharse.

—Sí, es lo que hay que suponer. Sin embargo, la aparición de esta mujer introduce un elemento nuevo en el caso; porque según la tesis que venimos manteniendo y que, desde luego, sigue siendo más que fiable, ahora tenemos a cuatro personas implicadas. Recapitulemos nuestro planteamiento, ¿le parece?

—Claro que sí.

—Primero: el español. Presta el dinero para pagar la copia exacta de la copa. ¿A cambio de qué? De una cantidad determinada.

—O de una participación en los beneficios de la operación.

—Posible; de eso hablaremos luego. Segundo: Frank, el conserje. Lleva a cabo materialmente la sustracción del original y da el cambiazo con la falsificada, la madrugada del dieciséis al diecisiete. La esconde provisionalmente en el hotel Ritz Carlton, pensamos que en la lavandería. Tercero: la noche del domingo diecisiete. El policía Stevenson la recoge y la lleva a su domicilio, donde la oculta hasta el sábado veintitrés. Cuarto: aquí aparece miss Jane Crowsley, a quien ese día Stevenson le entrega la copa en el hotel Marine Pacific.

—¿Por qué a ella precisamente?

—Es encargada de relaciones públicas en una gran empresa. En esos puestos tienen que ocuparse con frecuencia de hacer regalos a los clientes, a las autoridades del Estado... Muchos de esos regalos son bisutería fina; incluso, alguna joya. Miss Jane ha de tener, por tanto, relación con artífices. Y naturalmente, será amiga de Stevenson, que conoce ese detalle.

—Todo encaja...

—Menos una cosa: los muchos días, seis, que Stevenson guarda la copa en su apartamento. Demasiado tiempo.

—Hubo de esperar a quedarse libre de servicio.

—No sé, no sé... Pasemos al móvil: ¿para qué el robo?

—Eso lo veo claro: pensarán fundir la copa, que es de oro macizo, y convertirla en lingotes.

—En efecto; es la única posibilidad. —Martínez hace una pausa, que aprovecha para rascarse el cogote—. Siempre suponiendo que nuestra teoría se confirme y el robo se haya efectuado tan sólo con ánimo de lucro.

—¿Qué otro podría existir?

No hay respuesta por parte del detective, porque suena el teléfono y lo agarra él mismo.

—Resérveme entonces para ese vuelo de mañana, a las seis. El regreso abierto, sí...

—Mucho madrugón... —comenta Callaghan.

—Imagino que las oficinas del supermercado comenzarán temprano su jornada. Y me conviene que la señorita Crowsley esté despejada.

Se acerca al ventanal y mete las manos en los bolsillos. Al cabo de unos segundos, se vuelve hacia Callaghan.

—La solución del *Cup's case* está en San Diego, teniente. Y en esa señorita Crowsley. Pero cuidado: cuando digo que la solución está allí, me refiero a que, si se confirma nuestra hipótesis, el asunto se habrá resuelto. Aunque de lo contrario...

—Otra vez a tachar en la pizarra... —sonríe Callaghan.

—Confío en que no.

CATORCE

En un rincón de la vieja España, de la eterna España, un ciudadano cualquiera, puede llamarse Juan, acaba de desear felices sueños a sus hijos, chico y chica, 14 y 16 años, a quienes su madre acompaña hasta las habitaciones. Juan está cansado; el negocio, un modesto taller de carpintería, se resiente de la crisis general; los clientes pagan mal y tarde; los impuestos le agobian; sus diez empleados ejercen con mayor presteza sus derechos que sus deberes; Elena, su mujer, que siempre le ayudó en las tareas administrativas, apenas tiene ahora tiempo libre, porque la asistenta por horas (sólo su seguridad social le cuesta 15 550 pesetas al mes) termina a las tres de la tarde y ella tiene que aviar la casa...

Juan sabe que su taller está anticuado; que necesita renovar el utillaje, sustituir la maquinaria por otra moderna que le permita reducir la plantilla. Su abogado le ha dicho que ahora, eso puede hacerse, pues la reciente reforma de las leyes laborales autoriza a despedir con bajo costo al personal sobrante, por necesidades organizativas o de producción. Pero para todo necesita liquidez; una liquidez que no tiene, porque el banco le ha restringido el crédito por culpa de las muchas letras que últimamente le devuelven impagadas. La única solución podría ser vender un terreno, no muchos metros, situado ahora en pleno ensanche, que compró en mejores tiempos. Sucede, sin embargo, que sería preciso recalificar el solar, pues la manzana fue declarada zona residencial, donde no se pueden edificar más de dos plantas...

Juan sale a la terraza; hace calor, llega con demasiada claridad el estruendo de un cercano pub donde los jóvenes se divierten cada noche, hasta las tantas, sin respetar el sueño de los vecinos; ya lo han denunciado varias veces, estérilmente. En la calle, frente al portal, tiene aparcada la furgoneta que a diario utiliza en su trabajo y que los domingos le sirve para salir al campo, con la mujer y los chicos. Le gusta el campo, aunque cada vez haya que ir a buscarlo más lejos...

Pronto cumplirá Juan los 43 años. Quiere esto decir que no conoció la guerra civil ni apenas la posguerra. Muchas veces le contó su padre, que sigue vivo y fuerte, gracias a Dios, cómo al tiempo que su madre se quedaba embarazada, se suprimían las cartillas de racionamiento; siempre lo consideró un buen augurio para el hijo que esperaban. Estudió primeras letras con unas monjas; bachillerato, en el instituto y al terminar quinto, con una beca de la entonces llamada Organización Sindical, ingresó en una Escuela de Formación Profesional, para aprender bien el mismo oficio que su padre.

De política no sabía nada; entonces no se llevaba hablar de eso. Alguna vez, su padre recordaba que había sido republicano y que votaba a un tal Azaña; que allá por el 38 movilizaron su quinta y le tocó irse al frente, también con los republicanos. Pero con los años, llegó al convencimiento de que lo importante en la vida es trabajar y salir adelante y, como lo había conseguido, bien que a costa de mucho esfuerzo y mucho sacrificio, estaba satisfecho con el país que le tocaba vivir. También lo estuvo Juan, que poco a poco amplió el taller paterno y pudo retirar al viejo, como le llamaba siempre, y se casó a los 27 años, cuando estimó que podía afrontar la responsabilidad de una familia propia.

Para entonces ya había muerto Franco, y Juan, que siempre le respetó, acogió con ilusión la nueva etapa que se abría en España y votó *sí* a la reforma política y a la Constitución, aunque se abstuvo en las primeras elecciones generales, quizá por su falta de experiencia política. Después del susto del 23-F, que jamás entendió, decidió que el programa socialista le gustaba más que ninguno y lo apoyó en las urnas, el histórico 28 de octubre de 1982. Mucha influencia tuvo en ello su mujer; porque a Elena le entusiasmaba aquel joven andaluz, lleno de energía y de atractivo, que hablaba tan bien y prometía un futuro tan hermoso para todos los españoles, lleno de trabajo, de bienestar, de libertad y de paz: como en los carteles de colorines que llenaban las paredes de la ciudad, con jardines verdes, ancianos sonrientes, niños felices y pajaritos volando.

Juan se acuerda ahora de aquello y forzosamente tiene que considerarse víctima de un colosal engaño. ¡Ha sido todo tan distinto a lo prometido! Ciertamente que no tardó en advertirlo; y aunque en las siguientes elecciones, todavía votó al PSOE, a partir de entonces se ha abstenido; curiosamente, Elena, como su padre, se pasaron al PP en las europeas últimas. Juan lo hará también, probablemente, en las próximas. Más decepcionado que convencido; porque lo cierto es que está defraudado, confuso, fastidiado. Su hijo acertó cuando, hace unos días, le comentó a su hermana:

—Desde hace una temporada, papá está siempre cabreado...

¿Y cómo no va a estarlo? Hay muchas cosas que no puede entender. Que el mismo día en que salen de la cárcel varios terroristas con delitos de sangre, se multe con un millón de pesetas a un vecino de Madrid por matar un lagarto. ¿Es eso justicia? Y la noticia que ha desatado su indignación: en la puerta del Ayuntamiento de Badajoz, un parado, José Ignacio Marzal, 33 años, cuatro hijos, se ha abierto las venas. Llevaba cuatro años sin trabajo; vivía en la indigencia. Como uno de cada cinco españoles, según datos de Caritas.

Claro que en el periódico también se cuentan otras cosas menos ingratas. Alfonso Guerra y su hermano Juan veranean en Conil. Felipe González pesca en el coto de Doñana. Mariano Rubio, como si no hubiese pasado nada, se fotografía para la prensa en su finca de Palma de Mallorca, tomando el sol junto a su guapa esposa. ¿Y dónde estará gastándose Roldán los miles de millones que se llevó, en las mismas narices de quienes le nombraron, le auparon, le cubrieron de honores y ahora dicen que no se enteraban de nada?

¿Cómo no va a estar Juan de mal humor? Y enfadado va hacia el teléfono y es su abogado quien le llama, según él para darle una buena noticia.

—Creo que podré arreglarle el asunto de la recalificación de los terrenos que quería usted vender. No es cosa para hablar por teléfono; venga mañana por el despacho, a las cinco. Le anticipo que hay un tal Edmundo Olalla que resuelve estas cosas. Naturalmente, se trata de persona muy bien relacionada en las altas esferas, a quien, por supuesto, habrá que pagar una comisión de cierta importancia. Pero merece la pena.

—O sea, que es una especie de Juan Guerra —comenta Juan.

—Más o menos.

Durante unos segundos, siente la tentación de colgar el teléfono bruscamente. Pero se le vienen a la mente los colegios de los chicos, el impuesto sobre la renta, la nómina de cada mes, la inevitable reforma del taller. Y con voz avergonzada, contesta:

—Pues muchas gracias, don Roberto. Hasta mañana.

Después vuelve a la terraza, diciendo a gritos:

—¡Mierda, mierda, mierda...!

El señor Belloch (o Benlloch, que la cosa sigue sin estar clara) tenía previsto salir el 21 de agosto de Madrid, para disfrutar de unas cortas y más que merecidas vacaciones. Pero en prueba de agradecimiento a su política de reinserción de terroristas, ETA ha asesinado en Bilbao a otro policía más y el biministro debe, naturalmente, desplazarse al País Vasco para presidir los funerales. Antes de marchar deja unas instrucciones a Feliciano:

—Envía un fax a los del FBI detallándoles los delitos que se imputan a Roldán...

Malversación de caudales públicos, prevaricación y cohecho, fraude, tráfico de influencias y falsedad en documentos públicos: nada menos. Canillejas envía el comunicado, sin olvidar los afectuosos saludos para sus amigos de Los Ángeles; despacha unos papeles de trámite y llama por teléfono a su mujer, para recordarle que cenan con Edmundo Olalla y con Manoli, su compañera. Ellos tienen que hablar de negocios; ellas pondrán cara de resignación ante el presumible tostonazo, pero en realidad estarán encantadas, pues en tales comidas «de trabajo» siempre se hartan de marisco, sin importarles lo más mínimo que el mes tenga o no tenga erre.

Como el calor agobia, se han citado en la terraza al aire libre de Commodore. Los Olalla llegan los primeros; Manoli lleva ya doce años viviendo con Edmundo, desde que se separó de su marido, un ATS con muy buena planta, delegado sindical de su grupo en la clínica Ramón y Cajal, que no pudo aguantarla más que quince meses. Porque la chica es lo que suele llamarse una real hembra, ardiente en el amor y hasta simpática; pero rigurosamente tonta. Lo que son las cosas: por eso se lleva ahora tan requetebién con Olalla, que en materia de hembras tiene gustos muy particulares y siempre dice de su compañera, como insuperable elogio:

—Es la mujer ideal; está buenísima y carece de ideas.

Mediada la cena, entre bocado y bocado de faisán a las uvas, Edmundo comienza a poner al corriente a su socio de la marcha de los negocios comunes. Todos los papeles para la constitución de Bellausa, la nueva sociedad, y para la disolución de Olafesa, la antigua, ya están dispuestos; pero las escrituras no podrán firmarse hasta comienzos de setiembre, porque en la notaría están de vacaciones. Por cierto que han tenido que cambiar de notario, pues el de siempre, don Paco Lucas, se ha jubilado.

—He ampliado el objeto social de Bellausa —explica a Feliciano— ya que, además de la venta de supuestas obras de arte a los organismos públicos, de que ya te hablé, se me ha ocurrido otra idea colosal, genial, maravillosa...

—Modestia aparte...

—La modestia es la virtud de los incapaces. Atiende: vivimos la época de la publicidad. Se anuncia todo y en todas partes: en las camisetas de los futbolistas, en las gorras deportivas, en los programas teatrales. Hasta las prendas de vestir, que nos cuestan un buen dinero, llevan el logotipo de su fabricante. Y en la televisión, no te cuento...

—Verdaderamente, es un coñazo.

—Pues fíjate lo que he ingeniado...

Se dirige a las mujeres, que están entregadas con ahínco al difícil empeño de descascarillar unos centollos de buen tamaño.

—Vosotras, oíd esto, que me interesa conocer también vuestra opinión. ¿Qué os parecería si en la ropa interior, me refiero al sujetador y las braguitas, llevaseis anuncios comerciales?

Manoli y Juanita, con la boca llena de crustáceo, hacen unos gestos ambiguos, de difícil interpretación. Feliciano, en cambio, no oculta su opinión favorable:

—Gran idea, ya lo creo.

Estimulado por el elogio, Edmundo explaya su original invención: indudablemente, el impacto publicitario de una marca comercial bordada en las más íntimas prendas de la lencería femenina sería muy superior al que ahora produce encontrarla, por ejemplo, en la camiseta de Laudrup. Las artistas del *streap-tease*, las chicas de los *top-less* (éstas, con la natural limitación de espacio publicitario) y, no se diga, las ejercientes del oficio más antiguo del mundo, serían inmejorables vehículos de propaganda de los más variados productos.

—Desde luego, acordes con la ubicación de los anuncios. O sea, preservativos, píldoras anticonceptivas, leche en polvo, desodorantes... También en el hogar conyugal, entre los matrimonios más castos, la publicidad podría efectuarse. Al marido le llenaría de júbilo comprobar que su mujercita se cambia a diario de sostén, ya que, según los días de la semana, anunciaría una u otra cosa...

—Me gusta, me gusta...

—Para el lanzamiento de la campaña, he pensado en Bienvenida, la valenciana esa que tanto escándalo ha armado en Inglaterra. Si está en precio, naturalmente.

—Deberías registrar en seguida el proyecto.

—Lo hice ayer, querido; que uno está en todo...

Las mujeres han acabado con el centollo y se hacen la ilusión de que con las toallitas perfumadas que les ha entregado el *maître* podrán limpiarse las manos. Aunque, en realidad, da lo mismo: en seguida volverán a ponérselas perdidas, con las nécoras que acaban de servirles. Mucho más frugales en su menú, los caballeros (es un decir, como se comprobará en seguida) piden ya el postre, sin aguardar a que ellas terminen.

—Hablando de otra cosa, Feliciano, ¿qué tal te llevas con Lerma?

—Le conozco poco; aunque sé que con mi ministro se entiende muy bien.

—Es que voy a necesitar que alguien me eche una mano en la Consejería de Obras Públicas de su Generalidad. Cosa de unos terrenos que me interesa mucho que se recalifiquen; eso mismo ya lo he conseguido varias veces en Andalucía, pero en Valencia estoy poco relacionado.

—Descuida; haré la gestión.

—Casi te diría que es una obra de caridad. El actual propietario del solar es un pobre hombre, que no encuentra manera de venderlo, porque está declarado zona residencial. Nosotros construiríamos un centro comercial, lo que hoy se lleva, las grandes superficies...

—Al decir «nosotros», ¿te refieres a nuestra inmobiliaria?

—No; esta vez tengo que hacer el negocio con otro grupo. El arquitecto será un chaval muy majo, que ha terminado la carrera el mes pasado; bueno, imagino que la habrá acabado. Vale mucho; es de la escuela de ese italiano colosal que ha remozado con tanta gracia el teatro ex romano de Sagunto, también en Valencia.

—Algo he leído, sí.

—Este muchacho que te digo tiene una idea muy parecida, aunque no podrá llevarla a la práctica hasta que ganemos las elecciones en Castilla y León: cubrir las torres de la catedral de Burgos con una mezcla de cemento y mármol que les dé forma cilíndrica.

—Bien pensado; así se acabará con los desprendimientos de las piedras viejas, que tanta lata están dando.

—Justamente.

Ahítas de moluscos lamelibranquios y crustáceos malacostráceos, las mujeres se incorporan a la conversación.

—Bueno, Feliciano, ¿cómo van las cosas de la política? —pregunta Manoli, para recordar que es tonta.

—Estamos a la expectativa.

—Eso quiere decir que hay que esperar a que se reanude la actividad parlamentaria, ¿no es así? —comenta Edmundo.

—Exacto. En agosto, ya se sabe, siempre se abre un paréntesis.

—Pues los incendios no han parado. Ni los follones de los pescadores de bonito. Ni menos todavía, los atentados terroristas. (Manoli, naturalmente.)

Juanita echa un capote:

—Eso son contingencias imprevistas, ¿verdad, cariño?

—Por supuesto.

—¿Y qué pasa con Roldán? ¡Menudo cachondeo se está gastando, el tío, con el gobierno!

Tiene que intervenir Edmundo para disimular la impertinencia de su compañera:

—No debes olvidar que se trata de un tipo de mucho cuidado. Como que se dice que ha tenido que ver con el robo de la Copa del Mundo de fútbol... Bueno, qué te voy a contar, Feliciano, si tú estás metido en el asunto...

—¿Ah, sí? Cucnta, cuenta... —se interesa la inevitable Manoli.

—Comprenderéis que es un problema de Estado y, por tanto, toda discreción es poca...

—Feliciano ha tenido que pasar unos días en

Los Ángeles; bueno, casi unas horas nada más... —presume Juanita.

—¿Y qué tal por los Estados Unidos?

—Todo carísimo. Y una gente muy gorda; talmente como las estatuas de Botero. Además, no te dejan fumar en ninguna parte...

—Es que como vivimos aquí, no se vive en ningún país —celebra Edmundo—. Gracias a Felipe, por supuesto...

Juanita mira su reloj.

—¡Si no son más que las doce y media! ¿No os parece que podríamos ir a algún sitio?

—Pero mujer, con este calor no apetece nada bailar.

—Pues vamos a una sala de fiestas. En no sé cuál —sugiere Manoli— está actuando Moncho Borrajo, que cuenta unos chistes divertidísimos.

—Vamos a ver dónde es...

Feliciano pide un periódico al camarero; mientras, Manoli, levantando imprudentemente la voz, explica:

—Ayer, en la peluquería, me dijeron uno de los chistes, pero yo no lo entendí: que Alí Babá fundó el PSOE y reunió los primeros cuarenta militantes. ¿En qué consiste la gracia?

Hay un silencio trágico. Juanita lo rompe:

—Es que no tiene ninguna. Se refiere a los cuarenta ladrones.

—¡Ah, claro! Alí Babá y los cuarenta ladrones. Pero, ¿qué tiene que ver eso con el Partido Socialista?

En una mesa cercana también están contando el mismo chiste. Aunque allí, el comentario es distinto:

—Se quedan muy cortos en el número...

FIFTEEN

El 23 de agosto, Ricardo Teixeira, presidente de la Confederación Brasileña de Fútbol, regresó a Río de Janeiro, después de unas breves vacaciones durante las cuales, el júbilo por la consecución del cuarto título mundial había estado constantemente empañado por la tristeza profunda que le causaba el misterioso robo del trofeo, la inconcebible sustitución del valioso original por aquella copia, ciertamente conseguida, ya que a primera vista se hacía difícil no confundirla con la verdadera.

Ahora mismo la tenía delante, la estaba mirando con entusiasmo, pues aunque se tratara de una reproducción, en definitiva simbolizaba lo mismo: la supremacía futbolística del Brasil, que era lo importante. No pudo evitar el impulso de agarrarla entre sus manos, de acariciarla con deleite. Y entonces, sorprendentemente, notó todo lo contrario que la tarde inolvidable de la final del Mundial, en el vestuario del Rose Bowl.

Porque la *Taça* pesaba lo que debía pesar. Nervioso, excitado, Teixeira se colocó las gafas de leer: al pie de la escultura, distinguió perfectamente el contraste y la firma del artífice. O sea que se trataba de la auténtica, la original, la que había sido robada. Una y otra vez la miró y la sopesó y le dio vueltas, hasta llegar al convencimiento de que, en efecto, aquélla era la copa de oro, la de verdad, la que creyeron perdida.

Llamó al secretario de la Confederación, a los altos empleados de la casa. Todos se asombraron y coincidieron en reconocer el milagro: la *Taça* había sido restituida. Poco tiempo después, dos joyeros requeridos con urgencia dictaminaban la autenticidad del trofeo, la pureza del oro en que estaba tallado, la evidencia de su calidad. Sin género alguno de dudas, se trataba de lo fidedigna, de la fehaciente Copa del Mundo que la FIFA concedía al campeón.

Los teletipos de todas las agencias informativas transmitieron la sensacional noticia: la copa se había reintegrado a sus legítimos poseedores. Esta vez, el trueque se produjo a la inversa: la copia, la falsificación, fue cambiada por el original. Como en la anterior ocasión, todo era un misterio. Pues si nunca pudo conocerse al autor de la suplantación el día de la final, tampoco ahora existía indicio alguno que permitiera conjeturar la personalidad ni los motivos de los responsables de la devolución.

El teniente Callaghan entra como una exhalación en el despacho de Martínez.

—¡Sensacional noticia! ¡Han devuelto la copa de oro! No se sabe quién ha podido ser, pero otra vez el original está en la Confederación Brasileña de Fútbol.

Jonathan B., que hoy lleva una chaqueta verde esmeralda, con extraño escudo bordado en oro debajo del bolsillo, no se altera lo más mínimo.

—Conque la han restituido, ¿eh? —comenta con frialdad.

—Aquí tiene el teletipo...

Le da un vistazo rutinario.

—Eso quiere decir que yo estaba en lo cierto: mire...

Señala con su índice la pizarra; sólo queda escrito un nombre: 3. «A MAN OF FIFA», un hombre de la FIFA.

—O sea... —insinúa el teniente.

—Vamos por partes...

El detective saca su cachimba y la bolsita del tabaco.

—Lo siento, Callaghan, pero hoy tendrá que aguantar mis humos. Creo que me lo merezco.

Rellena la cazoleta, prensa las fibras con su dedo índice, les prende fuego con parsimonia y comienza a explicar:

—Después de entrevistarme en San Diego con miss Jane, tuve que descartar por completo al policía Stevenson como sospechoso. Todos sus movimientos de estos días pasados quedaban justificados por una misma razón: su éxito con las mujeres.

—¿Qué quiere decir?

—Que nuestro policía federal es un auténtico seductor, un galán irresistible, que sabe sacar excelente rendimiento a sus encantos.

—No me diga...

—Miss Jane le conoció en Los Ángeles, donde sabemos que estuvo por razón de su trabajo y no pudo evitar el sucumbir a su atractivo. Sí, Callaghan: por lo visto, el muchacho es un espléndido profesional del amor, que justifica con creces los, digamos, detalles que las mujeres tienen con él. La señorita Crowsley recordaba con tanto entusiasmo la noche que pasaron en el hotel Marine Pacific, que le aseguro que llegué a ruborizarme. Por cierto; estaba agradecidísima por el detalle que tuvo con ella, regalándole una de esas espantosas figuras de alabastro que venden en la playa de Venice...

—Que llevaba en un paquete cuando llegó al hotel...

—Justamente. Por lo que deduje, miss Jane quedó tan satisfecha, que debió mostrarse muy generosa con su galán...

—Eso justifica el traje nuevo y la compra extra en el supermercado y la cena en Moon Kee's, la noche siguiente...

—Y la orquídea que regaló a su siguiente conquista, la elegante dama que hablaba con acento italiano...

—La cual también le recompensaría...

—Es de suponer. Creo, en cambio, que la pelirroja Katherine, que tanto nos preocupaba, debió de ser un capricho...

—Pero bueno, el tal Stevenson es un chulo...

—No use palabras malsonantes, teniente. Después de todo, no hay en su proceder la menor sombra de ilegalidad. Todas estas mujeres son mayores de edad y actuaron de forma absolutamente libre. Reconozcamos el mérito del policía...

—Visto así...

—Lo cierto es que las coartadas de Stevenson quedaban absolutamente probadas. Lo mismo que su inocencia.

—Vamos con Frank, el conserje. Siempre pensamos que podía haber actuado con independencia de Stevenson.

—Cuando a la una de la madrugada del sábado 16 al domingo 17 terminó su trabajo, y según comprobé ayer, estuvo despachando con el director del hotel; lo hace siempre que, como en este caso, libra al día siguiente. El propio director lo llevó luego en su coche hasta su casa; acababa de vender su viejo Ford y todavía no le habían entregado el Chevrolet nuevo.

—¿Y su súbito enriquecimiento?

—La Copa del Mundo de fútbol ha sido muy rentable para los conserjes de los hoteles; sobre todo, para el del Ritz Carlton, donde se alojaban los directivos de la FIFA. Eso le permitió conseguir buen número de entradas, que después revendió con notable beneficio. Además, las propinas fueron sustanciosas durante esos días...

—¿Pero aquella breve entrevista suya con Stevenson, la mañana del pasado día 9?

—¿Quién mejor que el conserje de un hotel de lujo para informar a un profesional de la seducción de la llegada de clientas con posibles y sin compañía...?

Sin darse cuenta, Martínez echa una bocanada de humo sobre Callaghan, que tose con estrépito.

—Perdone —se disculpa—. Bien, pues descartados Stevenson y Frank, era obvio que dejaba de ofrecer sospecha alguna el español Roldán, cuya intervención siempre habíamos contemplado como indirecta...

—Efectivamente; en ningún caso le atribuimos participación personal en el caso.

—A mayor abundamiento, no se demostró que hubiese efectuado transferencia alguna de dinero desde las cuentas corrientes que nos detalló Canillejas.

—Pero estuvo en Los Ángeles...

—Desde luego. Es muy aficionado al fútbol y no quiso perderse la final.

—¿A pesar de que toda la policía española está detrás de él?

—Eso no parece importarle demasiado.

El teniente Callaghan se quita la chaqueta.

—Con su permiso; con eso de que a usted le afecta tanto el aire acondicionado...

—Ya le expliqué mi punto de vista al respecto: antes calor que pulmonía. Bien, ¿qué le parece lo equivocados que estábamos?

—Ha jugado con ventaja; aún no me había contado el resultado de su entrevista en San Diego con la seducida miss Jane...

—Hermosa mujer, por cierto. Y muy inteligente; lo que hace más notable la capacidad de fascinación de Stevenson. ¡Ah, una cosa! Toda esta historia es rigurosamente confidencial; di mi palabra a Jane, a la que le preocupa mucho salvar su imagen en la empresa. Por eso se citó con Stevenson en un hotel alejado y ocuparon habitaciones diferentes...

—Entendido. Pero no me tenga más tiempo en vilo. ¿Quién es el hombre de la FIFA?

Martínez le dirige una mirada burlona.

—Ande, coja la chaqueta y bajemos a la cafetería a tomarnos unas cervezas...

—Le encanta picar mi curiosidad, Jonathan...

—Quiero darle la oportunidad de que lo averigüe por usted mismo, mientras llegamos a la barra...

Dos Heineken, según costumbre. También, según costumbre, Martínez se queja de que están poco frías; recuerda que en Madrid le encantaba lo bien que servían la cerveza, incluso en los bares más modestos.

—Tengo cierta nostalgia de aquellos años, teniente. Lo pasé muy bien en Madrid; incluso tuve amores con una señorita encantadora.

—Enhorabuena; comprendo su añoranza, pero ¡quiere hacer el favor de decirme ya de una vez el nombre...!

—¿No lo adivina?

Callaghan vacila antes de contestar.

—Desde mi punto de vista, sólo puede tratarse de nuestro amigo Dos Santos.

—¡Pleno, teniente! Ésa es mi misma opinión.

—Lo que no comprendo es por qué lo hizo...

—Yo tenía perfectamente diseñada la hipótesis, después de descartar a los demás sospechosos: le recuerdo el nombre que quedaba en la pizarra cuando usted me dio la noticia de que la copa había sido devuelta. Naturalmente, ahora creo que eso la confirma totalmente.

—¿Y qué razones encontró para inculpar a Dos Santos?

—Puramente intuitivas, aunque ya me dirá si no le parecen más que convincentes. Estábamos en que las que llamamos, al comenzar la investigación, opciones B, C y D ya no nos valían. Indiscutiblemente, el cambiazo de la copa por su réplica tuvo que llevarse a cabo antes del traslado desde el Ritz Carlton al estadio.

—Así lo pensamos, al inculpar a Frank y Stevenson.

—Pero ellos no podían haber sido; ya se lo he demostrado. Aunque gracias a Stevenson, precisamente, se me encendió lo que yo llamo la lucecita. Pues me dije que si una mujer puede llegar a entregarse a un hombre de la manera más absoluta, ¿de qué no será capaz un hombre enamorado por una mujer?

—Comienzo a comprender...

—Recuerde el embeleso con que Dos Santos hablaba de la jovencita aquella con la que estaba dispuesto a casarse... Lo que nos contó Souza del sacrificio que estaba dispuesto a hacer: nada menos que vender su museo futbolístico por el simple capricho de su novia...

—Menos la réplica de la *Taça*.

—Eso fue lo que me convenció. Andábamos buscando dónde podían haber hecho una copia tan perfecta y resultaba que Dos Santos la tenía. Mejor dicho, cuando estuvimos en su casa, tenía el original. Pensando a posteriori, ¿no fue extraño que nos la mostrase con tantas prisas, sin sacarla siquiera del armario, sin que pudiésemos acercarnos a ella?

—Ahora que lo dice...; efectivamente, resultó bastante raro.

—Y nadie podía haber hecho el cambio más fácilmente que Dos Santos, que anduvo a solas con el original mucho tiempo.

—Camino del estadio, por ejemplo...

—O mejor, en el mismo hotel.

—La verdad: lo veo tan claro, que no comprendo cómo no caímos antes...

—Quizás porque no acertábamos con el móvil.

—Reconozco que tampoco lo encuentro ahora.

Martínez sonríe con cierta ternura.

—El amor, Callaghan, el amor. A sus años, el pobre Dos Santos tenía que acumular méritos para contentar a la joven Aurora. ¿Y cuál mejor que regalarle la copia de la *Taça*, su prenda más querida? Pero el obsequio nupcial satisfaría todavía más a la prometida si se trataba nada menos que del original; un original que vale muchos dólares...

—Parece increíble que un hombre de conducta intachable llegue a delinquir por culpa de una pasión...

—De una pasión senil, téngalo en cuenta. No es la primera vez ni será la última. ¿Usted no recuerda *El ángel azul*, la famosa película de Marlene Dietrich? Allí es un profesor dignísimo quien se degrada al máximo, enloquecido por una cupletista...

Beben en silencio. Callaghan saca las últimas conclusiones.

—Al terminar su relación con Aurora, ya no tenía objeto seguir con el original de la copa. Y a Dos Santos le fue más sencillo todavía devolverla a su repisa, en el despacho del presidente de la Confederación, que estaba ausente, y retirar la copia para llevarla de nuevo a su museo...

—Es la única explicación lógica.

—Y a pesar de eso, tengo la convicción de que es la auténtica...

Suben de nuevo a la oficina, sin cruzar palabra en el ascensor. Collison está saliendo cuando ellos llegan.

—Iba a avisarle, teniente. El inspector Souza Corvinho le llama desde Río de Janeiro...

Martínez hace un guiño a Callaghan, mientras éste toma el auricular.

—¿Qué tal, amigo? Ya, ya nos hemos enterado... Enhorabuena. También nosotros nos hemos alegrado mucho... Sí, una solución inesperada... ¿Que si tenemos alguna teoría para explicarla? La verdad, no. ¿Para qué? Asunto concluido; se archiva y en paz.

Jonathan B. le pide el teléfono.

—Soy el detective Martínez. Le felicito sinceramente, Souza; supongo que para ustedes será un gran día... Oiga: habíamos quedado en que, si aparecía la copa, estábamos invitados a la boda del amigo Dos Santos. Claro, claro; ya sé que no se casa. Pero, con mayor motivo, ¿mantiene usted la invitación?

Callaghan comprende, por la expresión del detective, que la petición ha sido aceptada.

—Muchas gracias —dice Martínez—; ya concretaremos las fechas. Por cierto, ¿cómo está Dos Santos...? Sí, es natural... A él le ha tenido que afectar más que a nadie... Lo comprendo... Dele un abrazo de parte nuestra...

Cuelga. Y explica:

—Dos Santos está tan emocionado, que ha tenido que meterse en cama. Ayer, además, había pedido que le anticipasen la jubilación, para la que le faltan aún tres meses...

—Todo concuerda.

—Sí. Pero no tenemos por qué acordarnos más del asunto. Como usted le decía a Souza, el *Cup's case* está archivado.

—Completamente archivado. Y olvidado.

—Le invito a almorzar, teniente. Esta misma tarde regresaré a Washington; pero antes, creo que nos hemos ganado unos buenos espaguetis en el restaurante del Ritz Carlton...

—Y esta vez, sin necesidad de visitar la lavandería...

Salen agarrados del brazo y no hacen el menor caso del fax, que acaba de transmitir un mensaje de Feliciano aportando los nuevos datos sobre las fechorías de Roldán.

THE END?

El *Cup's case* se ha cerrado; es posible que no sólo el astuto detective Jonathan B. Martínez tenga la evidencia moral de quién fue el autor del fenomenal enredo que durante cinco semanas tuvo en vilo al FBI y angustiados a los máximos rectores del fútbol mundial. Pero nadie en Brasil pedirá más investigaciones, nadie buscará a un culpable al que no interesa descubrir. En definitiva, ¿para qué? La *Taça* ha vuelto a su vitrina, todos han quedado satisfechos y nada impedirá que se dedique un cordial homenaje de despedida al ejemplar funcionario de la FIFA Armando Dos Santos, que con tanta abnegación ha servido al deporte durante más de medio siglo.

Al que se sigue buscando —al menos cuando se acaba de escribir este libro (1)— es a Luis Roldán Ibáñez, nacido en Zaragoza el 22 de agosto de 1943, hijo de Luis y de Ana María, ex delegado del gobierno en Navarra, ex director general de la Guardia Civil y conspicuo militante del Partido Socialista Obrero Español. La espectacular *Operación Luna* nos lleva ya costados a los ciudadanos de este país (también cuando

(1) 19 de setiembre de 1994.

termina de escribirse el libro, que cuando lo lean serán más) más de doscientos cincuenta millones de pesetas (250 000 000). En cuanto al montante de los fondos públicos de que dispuso en favor propio durante su gestión oficial; de las comisiones obtenidas también en el ejercicio de su cargo, por adjudicar graciosamente expedientes de obras o resolverlos en favor de personas compinchadas; y del importe defraudado a la Hacienda Pública durante los ejercicios de 1986 a 1992, la cuantía total resulta difícil de concretar. Pero, por supuesto, asciende a varios miles de millones de pesetas.

Como tantas veces ha explicado don Felipe González, por sí o a través de sus colaboradores más allegados, el Gobierno nunca se enteró de los trampantojos, engañifas, maulerías, aranas, fullerías y sinvergonzonadas (¿habrá que decir «presuntas»?) de Roldán a lo largo de los diez o doce años en que con tanta perseverancia se dedicó a defraudar al Estado (y en definitiva, a todos los contribuyentes). De modo que, a no ser por *Diario 16* y *El Mundo*, que levantaron la liebre, y por los demás medios informativos, que esforzadamente ahondaron en la investigación, el incansable (y, naturalmente, presunto) delincuente seguiría en su cargo y en sus enjuagues. Como gustaba decir el agente Collison, *Spain is different*.

Esta otra historia, que desdichadamente no es pura invención, como la del *Cup's case*, todavía está empezando. Deseemos que termine del mejor modo posible (en lo que ya cabe) y, sobre todo, confiemos en que los responsables, *todos los responsables*, por acción y por omisión, reciban su merecido.

Amén.

Por lo que a Feliciano Canillejas se refiere, el imprevisto final del *Cup's case,* como ya se había acostumbrado a llamarle, le permitió irse de vacaciones con Juanita y sus amigos/socios Edmundo y Manoli. Primero pensaron en Cuba; pero el propio biministro, en plan confidencial, les disuadió, explicándoles que aquello estaba hecho una pena y que para pasarlo bien, nada como un país capitalista. En vista de lo cual, viajaron por Alemania, aunque, también siguiendo el consejo de Belloch (o Benlloch), sólo por la ex República Federal, sin que se les ocurriera pasar al otro lado del antiguo muro de Berlín, ni siquiera por curiosidad.

Mientras, en España todo seguía normal. El juez Barbero, lógicamente, había dejado para setiembre su laboriosa, paciente, pachorruda y, eso sí, se supone que muy concienzuda investigación sumarial del caso Filesa. Los afectados por el timo del PSV (no confundir con el equipo de fútbol de Eindhoven) continuaban sin ver un duro de los muchos que invirtieron, ni por supuesto, una sola de las viviendas prometidas por UGT. De Ibercorp ya nadie se acordaba. Menos todavía, del chalaneo de los terrenos de San Sebastián de los Reyes, aquel que le permitió al señor García Valverde dejar la Moncloa para irse a vivir a Londres, con excelentes gastos de representación. Y no se diga de las trapacerías femeninas del BOE y de la Cruz Roja. La RENFE, gestionada por otra ilustre socialista, acumulaba una deuda superior al billón de pesetas, que supone unos intereses anuales de más de cien mil millones.

Los despedidos de SEAT, de Gillette, de Santana y de tantas otras empresas, se habían quedado en la calle, pero estaban trabajando en el paro, como casi cuatro millones de ciudadanos más. Las antiguas regiones, hoy Comunidades Autónomas, andaban enzarzadas unas contra otras en pleitos, querellas e insultos. No pasaba día sin que se cometiera algún extraño crimen sexual/pasional, incluso a cargo de menores de edad. El famoso Dioni veía batido su récord por otro colega, también guarda jurado de una empresa de seguridad, que se llevaba más millones que él, sin duda estimulado por el poco tiempo que ahora se pasa en la cárcel cuando se realizan esta clase de bobaditas. Continuaba la llamada «reinserción» de terroristas, sin necesidad de que se arrepintiesen ni nada y animando así a los que están en ejercicio a seguir matando. Más aún desde que en Uruguay se les considera héroes y montan un cirio, digno de los que en tiempos del franquismo se organizaban en Europa, en defensa de tan angelicales muchachos.

Idígoras insulta a España; Arzalluz también, aunque con mejores palabras; es foto y noticia de portada de *ABC* que la bandera española ondease en el balcón del Ayuntamiento de Bilbao, durante las fiestas. Un grupo de ilustres periodistas se constituye en asociación para defender la libertad de expresión; como si el artículo 20 de la Constitución no se estuviera aplicando escrupulosamente. Apenas quedan bosques en buen uso, después de los tremendos incendios de este angustioso verano; el ministro Atienza descubre que la culpa de los fuegos la tienen los excursionistas consumidores de paellas. Las televisiones no han parado de dar toros y fútbol, fútbol y toros; ni de entrevistar a los de siempre.

También a don Felipe González, por supuesto, que interrumpió su merecido ocio estival en el coto de Doñana, donde pesca y medita, para tranquilizarnos a todos, explicándonos, durante siete largos minutos, lo bien que van las cosas, las brillantes perspectivas que ofrece el futuro más o menos inmediato y la insensatez de la oposición, única responsable de que aún exista algún que otro problemilla por resolver. Naturalmente, volvió a recordarnos que no piensa abandonar su puesto de servicio y sacrificio, pues se siente incapaz de defraudar la confianza que tantos millones de españoles depositaron en él.

Bastantes millones de esos españoles regresaron de vacaciones, al parecer muy satisfechos. Para ellos, por las trazas, todo está normal. Si acaso les intranquiliza que el cura de la Macarena le ponga pegas a Rocío Jurado para casarla en su parroquia con el bravo diestro Ortega Cano. O que Ruiz Mateos incordie al buenazo de Miguel Boyer, inventándole una hija natural, para molestar a Isabelita Preysler. ¡Con lo guapísima que estaba luciendo un traje de seda y oro, en su primera salida nocturna en Marbella! Eso, eso sí que son problemas.

Nuestro amigo Juan, el de la carpintería, no salió de vacaciones. Don Roberto, su abogado, le tiene ya resuelto el problema de la recalificación del solar; bueno, en realidad se lo ha arreglado ese Edmundo Olalla, tan influyente, a quien habrá que pagar tres millones de pesetas por su gestión.

También muy normal ahora en este país (antes llamado España).

Navacerrada (Madrid), verano 1994

Impreso en Talleres Gráficos
DUPLEX, S. A.
Ciudad de Asunción, 26, int., D
08030 Barcelona